读者丛书

DUZHE CONGSHU

百年辉煌读本

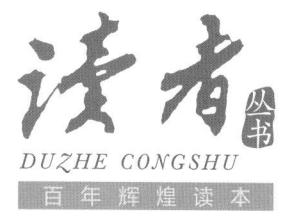

# 当你从我的窗下走过

读者丛书编辑组 / 编

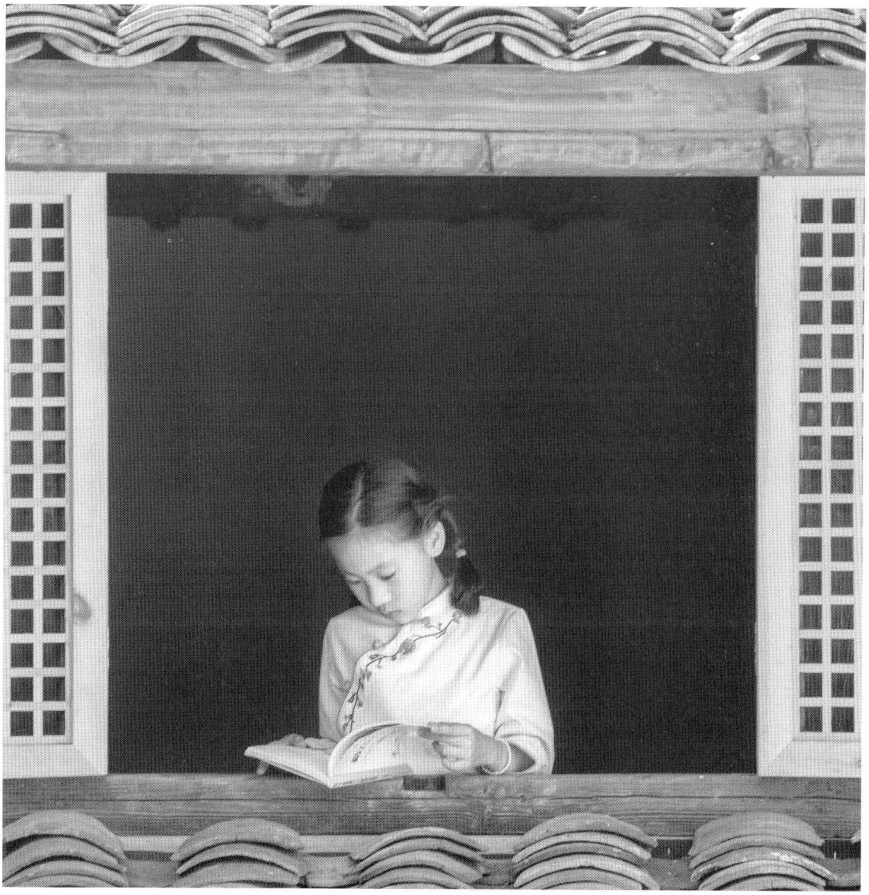

读者出版传媒股份有限公司
甘肃人民出版社

图书在版编目（CIP）数据

当你从我的窗下走过 / 读者丛书编辑组编. -- 兰州：甘肃人民出版社，2021.4
（读者丛书. 百年辉煌读本）
ISBN 978-7-226-05667-7

Ⅰ. ①当… Ⅱ. ①读… Ⅲ. ①散文集－中国－当代 Ⅳ. ①I267

中国版本图书馆CIP数据核字(2021)第047711号

出 版 人：刘永升
总 策 划：刘永升　马永强　李树军
项目统筹：宁　恢　高茂林
策划编辑：高茂林
责任编辑：袁　尚
封面设计：裴媛媛

## 当你从我的窗下走过

读者丛书编辑组　编

甘肃人民出版社出版发行
(730030　兰州市读者大道 568 号)
北京温林源印刷有限公司印刷

开本 710毫米×1000毫米　1/16　印张 15.5　插页 2　字数 229 千
2021年4月第1版　　2021年4月第1次印刷
印数：1~10 000

ISBN 978-7-226-05667-7　　　　定价：32.80元

# 目 录
## CONTENTS

001　帮助别人才是文明的起点 / 卫　夕
007　一生只做一件事 / 池　莉
010　"剁手党"一定要了解的
　　　经济学原理 / 岑　嵘
014　我们都爱上了朋友圈里的虚伪 / 孙骁骥
019　我也曾对这种力量一无所知 / 韩　寒
023　重修祠堂 / 陈忠实
027　75岁理工男的创业路 / 郭　佳
033　吃吃喝喝中的经济学 / 王小花
037　被互联网公司锁定的猎物 / 韦　星
043　读书人为何丢了书卷气 / 韩浩月
046　同胞家书 / 柯云路
049　打工 / 安　宁
055　夜深花睡 / 三　毛
058　一扇关不上的窗 / 修　瑞
062　高跟鞋与社会竞争 / 李少威
065　山地马 / 阿　来
070　泉 / 贾平凹
074　购物时你不知道的那些事 / 张小落
078　好一个"苟富贵，无相忘" / 吴晓波

- 082 华为团队管理法 / 陈　昱
- 086 翡翠菩提 / 毕淑敏
- 090 我看国学 / 王小波
- 093 借来的粉蒸肉 / 七　焱
- 099 能做到65岁的工作越来越少了 / 马立明
- 105 你的收入够得上你的精致吗 / 国　馆
- 110 致高考后的你 / 张立宪
- 114 贫穷的思维 / 蓑　依
- 118 钱的教育 / 梁实秋
- 121 穷孩子的学费 / 李　若
- 126 穷人变富 / 李松蔚
- 132 缺钱的年轻人 / 林一凡
- 136 小兰高考 / 黄希好
- 140 不靠谱的"裙摆指数" / 岑　嵘
- 143 商业,让我们越来越善良 / 周　冲
- 147 市场的真相 / 叶　檀
- 150 《项链》里的悲悯心 / 时寒冰
- 153 随份子:人情变成人情债 / 王　蓓
- 158 信息时代的睹物怀人 / 陈轶男
- 162 涨工资与幸福感 / 徐　贲
- 165 知识能解决"中产焦虑"吗 / 唐　昊
- 171 往事的酒杯 / 苏　童
- 175 中国人的节日负担为什么这么重 / 鲍君恩
- 180 在这里,懂得人生疾苦 / 左　灯
- 185 最懂散财的人 / 王　翔

188 后疫情时代的消费 / 李神喵
191 别再被文理分科画地为牢 / 薛 涌
194 被嫌弃的我的前半生 / 慕 荣
198 做"小而美"的企业 / 黄 涛
202 读书有用吗 / 万方中
209 去享受生命中更美好的事情 / 吴晓波
214 分享经济究竟改变了什么 / 谈 婧
218 晴窗一扇 / 林清玄
223 猫话 / 王 蒙
226 没来得及的告别 / 拾 遗
229 王二的经济学故事 / 郭 凯
233 君子的尊严 / 王小波
236 香烟的政治经济学 / 黄章晋

241 致谢

# 帮助别人才是文明的起点

卫 夕

一

最近国际疫情加速蔓延，美国、意大利确诊病例先后迅速超越中国，各种坏消息频传，在社交媒体的评论区，也出现了很多让人不安的言论，其中有嘲笑、讽刺甚至是幸灾乐祸。对此，我想说，这些人并不清楚现代世界的运行规则，他们并不知道国外疫情的水深火热对中国到底意味着什么，也并不知道我们将要面对的是什么。

首先我要说的是，我们看到的坏消息并非真相的全部。我们需要明确一个基础的逻辑——就传播而言，坏消息的传播永远比好消息的快且广泛。

举个例子，在韩国、日本疫情暴发的时候，许多公众号文章都在极力渲染他们不当的应对策略、慌乱的民众以及混乱的秩序；但仅仅两周之后，我们发现,韩国和日本的疫情其实已经得到了有效控制,可是现在又有多少媒体在报道韩国、日本如何井然有序地稳住疫情呢?

没错,在社交媒体上传播的意大利、美国、英国的疫情惨状都是真实的,但请注意,这并非真相的全部,真相永远比你看到的要复杂。

## 二

当我们幸灾乐祸的时候,或许应该回想一下过去两个月我们经历了什么——没错,在疫情初期我们非常被动,个别国家的媒体刻意嘲笑、侮辱中国的同时,一转眼才发现中国对于这个世界的正常运转是如此重要——"苹果"全球限购,是因为我们的富士康不能正常开足马力生产;澳洲的龙虾卖不出去,是因为中国的餐馆在疫情期间纷纷关门;泰国的旅游业按下暂停键,是因为中国的旅客待在家不敢出门;韩国的现代汽车工厂停产,是因为中国山东的供应链工厂生产停滞;巴塞罗那国际电信展取消,是因为中国的电子消费品牌无法参展。

中国是全球最大的贸易国,中国的贸易量占全世界的12%;中国是全球33个国家的最大出口国,是65个国家的最大进口商品来源国;同时中国也是全球120个国家的最大贸易伙伴。

2004年的圣诞节,美国记者萨拉忽然发现,自己收到的39件圣诞礼物中有25件"中国制造"。她突发奇想,决定从2005年1月1日起,带领全家开始尝试一年不买中国产品。于是萨拉开启了一段真实而艰难的"历险",在经历了无数啼笑皆非的困难之后,她重新回到中国制造的怀抱,她把这段经历写成了一本畅销书——《离开中国制造的一年》。

离开中国制造,世界不能正常运转,世界需要我们,我们也需要世界。

## 三

当你在为各国疫情严重、美股暴跌幸灾乐祸的时候，或许你并不知道接下来的情况对于我们到底意味着什么。隔岸观火的时候，火马上就要烧过来了。

或许，你没有亲戚、同学在美国，你没有购买美股，美国的疫情似乎和你毫无关系，然而这个世界的运作规则不是如此简单——美股大跌，在美股上市的中国公司毫无疑问也损失惨重。

过去一个月，中国平安下跌13%、微博下跌19%、阿里巴巴下跌10%，百度下跌21%。股价下跌，公司就需要通过改善其财报来继续维持股价；在疫情抑制需求的情况下，裁员就是缩减成本的为数不多的选择之一。计算一下你的公司股价在疫情期间的跌幅，或许失业离我们并没有那么遥远。一个简单的逻辑——国际疫情水深火热，国际消费者就会减少消费，直接后果就是东莞的工厂订单被取消，工人失业回家；与上年同期相比，中国前两个月的出口量下降了17%，订单退回、工厂倒闭正在真实地发生。

全球产业链条可以分为三个层次：美、英和欧盟是以服务业为主要输出的经济体——更多地输出技术、品牌，中、日、德、意是以中高端制造业为主要输出的经济体——更多地输出产品、实物，其他国家则主要输出上游产品——更多地输出石油、原材料。每一个国家都是全球产业链上不可或缺的一环，全球供应链如同一副多米诺骨牌，任何一块倒下都会牵一发而动全身。

世界是一个整体——覆巢之下，安有完卵？

还记得2008年的美国金融危机吗？当一位湖南的农民工失业后坐上火车回到老家的时候，他可能不曾想到，他的失业是底特律无钱买房但依然可以从银行申请到贷款的汽车工人所导致的。

## 四

联合国秘书长指出,从目前来看,全球经济衰退不可避免,新冠肺炎疫情可能会导致 2500 万人失业。国际劳工组织表示,这次疫情全球大流行不仅是全球公共卫生危机,还是严峻的就业危机和经济危机。

当"非典"在 2003 年暴发时,中国的经济总量仅占世界经济总量的 4%,而今天这个数字是 16%,世界经济增长的火车头要减速。

或许你现在还感受不到,那是因为国外的疫情还远没有到高峰。想一想,中国如此严防死守的策略也用了两个多月才将疫情稳定下来,以国外目前的情形来看,所花时间毫无疑问会比我们更长,影响范围也会更广。

另一个不可忽视的事实是,中国的国家利益并非完全在国内,我们在国外有着众多国人关切的直接利益。2019 年,中国对外投资超过了 1100 亿美元;我们在全世界建高铁、运河、港口——总长度超过巴拿马运河的尼加拉瓜大运河是中国人承建的;我们租下了澳大利亚的达尔文港;投资逾 10 亿美元开发斯里兰卡的汉班托塔港;我们承建了俄罗斯的莫斯科—喀山高铁……

现在,全世界都有着中国的利益,国际疫情暴发,这些超级工程也会受到直接影响;我们有着全世界最多的海外留学生,他们在北美、欧洲、大洋洲……疫情暴发,他们在海外的生存和安危也直接受到冲击。

我们还有众多公司不仅出口,而且直接在海外经营业务,有市场的地方就有中国人活跃的身影。2018 年,中国出境游规模增长到 1.49 亿人次,这一数字超过了包括美国在内的其他国家。

我们的国家早已融入了这个复杂的世界体系,中国人、中国公司、中国商品早已成为世界不可或缺的一部分,我们和这个世界一荣皆荣,一损皆损。

## 五

在《世界是平的》一书中,作者提出一个颇具说服力的理论——戴尔理论,即当两个国家通过广泛的供应链紧密地联系在一起的时候,这两个国家就不会发生战争。

戴尔电脑生产的供应链横跨多个国家——处理器来自英特尔设在菲律宾、马来西亚或中国的工厂,内存来自韩国、日本、中国台湾的车间;主板由中国台湾和韩国设在上海的工厂生产;电池来自日本设在墨西哥或马来西亚的工厂;电脑包则由东莞的某个工厂进行加工;客服团队有一部分在印度……今天,或许这个理论可以修改成"iPhone 理论",《一部 iPhone 的全球之旅》更加详细地描述了这部畅销全世界的手机是如何将多个国家的供应链紧密地联系在一起的。

"戴尔理论"认为,处在供应链上的国家会在任何可能的战争潜在因素前三思而行——阿富汗、黎巴嫩、叙利亚、朝鲜……这些国家并不是全球任何供应链的一部分,如果世界的供应链网络因为疫情遭到破坏,那么这个世界的危险程度就会增加。

## 六

我们在过去 40 年飞速发展,部分原因是有一个和平、稳定、温和的外部环境。

如今,这个外部环境正在发生变化,这种微妙的变化并非这次疫情暴发才启动,只是疫情的暴发加剧了世界的割裂程度。

美国奉行"美国优先"的孤立主义政策,欧洲出现了英国脱欧的"黑天鹅"事件,甚至这次意大利疫情告急向欧盟求助,其他 26 个成员国竟完全不理会，德国则扣押了瑞士的口罩，欧洲的团结变成一个童话。

如今，疫情的暴发让各国左派政治势力都在呼吁"供应链回流"，似乎决意要和整个世界脱钩。著名英国智库查塔姆研究所的首席执行官尼布利特忧心忡忡地说："我们所知道的全球化正在走向终结。"

一名学生曾经问著名人类学家玛格丽特·米德一个问题："到底什么是人类文明的最初标志？"很多学生猜想的答案是鱼钩、石器、火等等。然而，米德的回答超出所有人的猜想。她说，人类文明最初的标志是我们发现了"一块折断之后又愈合的股骨"。米德进一步解释说，大腿骨骨折在动物界是一件极其危险的事——如果动物摔断大腿，就意味着死亡，因为它无法逃避危险，不能去河边喝水或狩猎，它很快会被四处游荡的野兽吃掉；而愈合的股骨则表明有人花了很长时间来照顾受伤的人——处理伤口、提供食物、保护他不受攻击。最后米德意味深长地总结说，在困难中帮助别人才是文明的起点。

（摘自《读者》2020年第11期）

# 一生只做一件事
池 莉

一个人一生可做的事情很多，但世上不知多少聪明人，一生没有做好一件事。

在很长一个人生阶段里，我只长年岁不长心眼，想来真是痴长。

从前，我外婆家屋后有一座大园子，园子里头长满花木、蔬菜和中草药。芙蓉花、鸡冠花、桃树、垂柳、小白菜、香葱、车前草、鸡血藤等混长在一个园子里，引得蜂来燕往、蝶飞蚓爬，使儿时的我十分着迷。当然，这种私家的园子后来很快就没有了，支援国家建设了。园子变成一座丝织厂，工厂的围墙抵在外婆家屋后，整日整夜哐当哐当地响。我不喜欢这声音，我从来就不喜欢工厂。从此，我一直心怀渴望，非常非常想养花种草。渴望与日俱增，可多年来就是没有机会，既没有自己的住房，也没有自己的一寸土地。十几年熬过去，去年分得一套公寓，奔到阳台上一看，发现竟然留了养花槽。这一高兴，头脑轰地发了热，不知不觉拿业余爱好当了正经事做。一连好几日，提只篮子和小桶，四处挖湖泥。在大大忙了一阵之后，花种上了，草也养上了，菜籽也撒上了。然后，抱着肩来来回回欣赏，倒真有一种了却了某个夙愿的感觉。以后每逢出差或笔会，凡遇上奇花异草，都挺执着地弄点回来栽进盆里。家里三天两头做鱼、肉，也常记得将洗鱼洗肉的水倒入花槽。

可是到了秋季，结果并不理想。葡萄才结了几颗，花儿没开几朵，从庐山植物园特意带回的碗莲之类也都死了。怎么回事呢？

为此，我特意找了《花经》来读，读着读着，心中渐亮。合上《花经》，扔下花铲，淡然一笑：我不再养花了。

实际上，《花经》这本厚书我翻来覆去看的只是前面一小节——序言。序言里简洁地记叙了本书作者之父黄岳渊先生的一段经历。黄岳渊先生在宣统元年（1909年）的时候本是一名朝廷命官，当时年将三十。有一日黄先生想：古人曰三十而立，我该如何立人呢？他想，做官要应付人家，经商又要坑害人家，得做一件得天趣的事才好，才算立了为人的根本。于是，黄先生毅然辞官隐退。他做什么呢？他购买田地十余亩（时田价每亩约二十金），渐扩充至百亩。黄先生从此聚精会神，抱瓮执锄，废寝忘食，盘桓灌溉，甘为花木之保姆。果然，黄家花园欣欣向荣，蒸蒸日上，花异草奇，声名远扬。每逢花期，社会名流裙屐联翩，吟诗作赋；更有文人墨客指点花木，课晴话雨。众人深得启示：既混浊之世，百无一可，唯花木差可引为知己。

据说当时的文坛名人周瘦鹃、郑逸梅等人皆为黄先生的花木挚友。

黄先生养花养出了精神文明，养出了人间知己，养出了《花经》这等好书，恐怕这才叫养花种草！这才叫作人生一件事！

要做好一件事，岂能凭你心中有一点喜欢，有一点迷恋，三天浇点水，五天上点肥？

少年狂妄，自以为聪明。借表面的一些由头来标榜自己为至情至性之人。这也做做，那也试试，好听人评价个多才多艺。近年来国家注重经济建设，文人纷纷"下海"，我也曾与人发议论说作家的智商是足够经商的。最近由读《花经》而获顿悟：人的一生只能做一件事。一生的时间并不多，一生的精力也不多，要做好一件事实在不容易。一生能做好一件事，那也就可以了。世上不知多少聪明人，一生没有做好一件事。

  总之，我是不敢再说文人经商之类的话了，也不敢再狂热地养花弄草，就连剪裁时装、研究烹调之类的兴趣也淡了下来，兴之所至，偶尔为之，拿得起，放得下，决不长期牵肠挂肚。

  应该是不受诱惑的年纪了。傻一点儿，笨一点儿，懒一点儿，冷一点儿，就做一件事——写作——我这一生。

（摘自《读者》2015 年第 10 期）

## "剁手党"一定要了解的经济学原理

岑 嵘

2017年的诺贝尔经济学奖被授予美国经济学家理查德·泰勒。泰勒被视为现代行为经济学和行为金融学领域的先锋经济学家。也许对泰勒的名字你还感到陌生,但是他的理论早已深入我们生活的方方面面,比如在"购物节"抢购商品。

我们的大脑是一个精明的管家。我们打开购物网站,看到喜欢的商品,这个阶段是大脑的伏隔核在起作用,让我们两眼放光。接下来我们会关注价格,这个阶段是大脑内侧前额叶皮质和脑岛在起作用——付钱让我们感到犹豫和痛苦。

是否要购买这件商品,就取决于大脑对愉悦和痛苦的比较。

我们在"购物节"成为"剁手党",是因为我们的大脑产生了神奇的变化——对得到过度兴奋,而对付出的痛苦则不那么敏感。

这一切是怎么发生的呢?下面理查德·泰勒和我们聊聊有关"购物节"

的事。

## 重点一：禀赋效应
## 我们为什么会看重红包

首先红包不是免费的，抢红包这件事情有很高的成本，这就是"机会成本"。如果我今天去登山，就不能待在家里看球赛，那么我登山的机会成本就是看球赛的乐趣。当然，和实际支付的现金相比，机会成本是模糊而抽象的。

商家把抢红包这件事情设计得很复杂，会让很多时间很值钱的人失去抢红包的意愿。然而这样设计并不是没有道理的。因为它起到了"分离均衡"的作用，就是说，这些复杂的设计起到一个筛选的作用，让真正想要得到红包的人得到红包。

我们看重红包的另一个原因是"禀赋效应"，也就是人们不愿意割舍自己已经拥有的东西。泰勒教授说，他的同行芝加哥大学商学院前院长罗塞特教授喜欢收藏葡萄酒，他从拍卖会购买葡萄酒，出价从不会高过每瓶35美元，但是一旦拥有，即使对方出价高达100美元，他也不愿意卖出。作为一个商学院的院长，他一定知道这样做显然不符合经济学常识，但因为他和这些酒"建立了联系"，所以它们不再是普通的酒，而是在收藏过程中的美好回忆。

同理，当我们千辛万苦得到这些红包时，它们就在我们眼里有了特殊的价值。这些红包包含了你和朋友之间合作的故事，也就是说，你已经和红包建立起了感情，因此你会看重这些红包的价值，不会轻易把它们浪费，并千方百计地想使用它们。

## 重点二：支付隔离
### 刷支付宝为何让我们愉悦地付款

我们把各种要抢购的商品放进购物车，然后迅速地合并付款，看着"付款成功"的提示，心头有一种说不出的舒服。

泰勒说：经济学家普利莱克和西门斯特曾发现，在大额交易中，要求使用信用卡时人们的支付意愿，比要求使用现金时高得多。他们观察到，在对有波士顿凯尔特人队参加的篮球赛门票的密封投标拍卖中，要求使用信用卡的支付意愿比要求使用现金交易时高出近100%。

我们把这种情况称为"支付隔离"。支付宝付款的道理和信用卡付款一样，起到了消费和支付隔离的作用，大大削弱了我们购物时支付现金的痛苦。比如经济学家索曼就观察到，在校园书店中，学生如果使用现金而不是使用信用卡，支付完成后，当他们走出书店店门时，能更为精确地记住花费的金额。

另外，当众多的商品被放进购物车中合并付款时，单个商品会失去突显性。单买50美元的支付痛苦要大于在843美元账单的基础上再买50美元东西的痛苦。当你的购物车里有几千块钱的东西时，你很容易手一痒，又把100多块钱的东西拖进购物车，这时的支付痛苦远远小于单独购买这件物品时的痛苦程度。

## 重点三：交易效用
### 打折商品为何会让人上瘾

当你在整理衣柜时，往往会发现去年抢购的衣服还包装完好——虽然价格便宜，但似乎超出了实际需求。你于是很犹豫，今年到底还要不要再在零点抢购一大批商品。

泰勒教授给你举了一个例子。

你在炎热的沙滩上想喝一杯冰镇啤酒。这时有个同伴起身要去打电话，他说可以给你带瓶冰镇啤酒回来。沙滩附近只有两个地方卖啤酒，一个是高档的度假酒店，一个是又小又破的杂货店。同伴说，这里的啤酒可能卖得很贵，如果啤酒的售价与你愿意支付的钱一样多或者更低，就帮你买一瓶，但如果高于你能承受的价格，那就不买了。那么你愿意出多少钱呢？

泰勒做了一个调查，人们愿意为在度假酒店和杂货店购买啤酒所支付的现金中位数分别为 7.25 美元和 4.10 美元。为什么同样的啤酒在同样的地方饮用，人们却愿意为不同档次的购买地点而支付不同数额的钱呢？

这就是"交易效用"在起作用。

交易效用指的是实际支付的价钱和参考价格之差，而参考价格是消费者的期望价格。如果是正的交易效用，你会觉得很划算；如果是负的交易效用，你会觉得被人敲了竹杠而感到不快。

消费者会迷上交易效用所带来的兴奋感。在面对巨大的折扣时，我们会觉得捡了大便宜，而划算的交易很容易引诱我们购买没有用的商品。但想要断掉人们期待划算交易的瘾，可不是一件容易的事情。

泰勒总结说："对消费者来说，希望在'购物节'买到物美价廉的商品是理所当然的，精明的消费者可以从中节省下不少钱。但是，我们不应该上交易效用的当，仅因为东西太划算，就去购买根本不需要的东西。"

（摘自《读者》2018 年第 2 期）

## 我们都爱上了朋友圈里的虚伪
孙晓骥

微信朋友圈已变成一个扰人的虚拟空间。

前几年微信刚兴起时,我们视之为一种朋友间的"半私密"空间,经常是随时想到什么、拍到什么就随手往微信上一发。后来微信好友积累渐多,除了普通朋友之外,也有同事。无论关系好不好的,都是一通猛加,故此,工作上的事情渐渐不愿意在朋友圈提及了,怕得罪人。这成为微信生活"虚伪"的起点。

随后,单位领导也加了微信,"畅所欲言"的空间更小。毕竟,"牢骚太盛防肠断"嘛。不仅如此,说话谨慎的同时经常还得主动转发一些领导发的正能量段子,又是点赞又是留言的,总是期望能借此获得领导的某种认同。微信圈的"虚伪"自此愈演愈烈。

再往后,微信加的好友日积月累,从家里的亲属到饭桌上认识的酒肉朋友,从学生妹到企业家,可谓鱼龙混杂、物种丰富。发展至此,至少我已经在朋友圈中彻底放弃了"自我展示",干脆每天就转发一些鸡汤段子。像鸡汤这类的内容,不能说大部分人喜欢,但至少谁都不得罪。

另外,我有些强迫症似的特别注意朋友圈中发的内容的质量,即使发一句简单的文字,内心也打了长时间的腹稿:这样说话,谁谁谁应该会喜欢,同时也不会令谁谁谁反感。对了,我不应该遗漏微信群和好友分类的功能,它直接让我的微信生活从简单舒适变得复杂心烦——不仅得考虑各色人等的感受,还得分类发布内容。生活的哪些方面适宜展现给哪些相应的人看,这种微妙的分类、计算、发布,占据了不少时间。

不得不说,呈现在微信圈中的自己距离真实的自己,已渐行渐远。我们日益熟练地利用网络和移动端平台来伪装自己、讨好别人、谋求人际资本……真实的自我形象却如风中的烛光般闪烁不明。微信朋友圈真的让我们变得更"虚伪"了吗?

如果答案是一个简单的"是",那么未免有些流俗。实际上,不妨反问,在微信出现以前,我们的生活真的要比现在"真实",或者说"不虚伪"得多吗?这个问题是值得深入讨论的。过去,受技术所限,人与人的交流,必须"面对面"。然而,近距离交往时,我们其实也有着微信朋友圈一样的"虚伪",比如刻意的着装、说话比平时温柔一万倍、脾气变得极好、健谈、慷慨,但说穿了,你自己明白,生活中当你独处之时,以上的"美德"你其实通通都不具备。只有当需要为了人际关系而"表演"时,你才会成为一个称职的生活的演员,一个更"好"的人。

在特定社会场景下,我们的"真人表演秀"几乎也是和微信朋友圈一样的模式化。社会学家欧文·戈夫曼在《日常生活中的自我呈现》一书中,将我们在生活中的表演称之为"前台"。他观察到了真实生活和戏剧表演的某些共同之处:为了特定的目的,人们总是在生活中为自己涂脂抹粉,培养各种礼仪和谈话技巧,通过阅读和学习来获得谈资,凡此种种,构成了我们对外的"公共人格"。这种"公共人格"就是我们人生自我展示的一块广告牌。

我们塑造自我角色形象，并透过它被周围的人知晓，从中，我们积累下了人际资本，博得了重要人物的好感，为自己获得机会并维持这一形象。这便是我们每个人生活常态的一个重要方面，很难说它是不虚伪的。

而戈夫曼也注意到，对于我们这些人生的演员来说，"前台"之外，还存在"后台"。那"后台"就是我们"卸妆"的地方，把自己从社会角色、职业角色和公共人格的表演中暂时解脱出来，作为一个单独的人而存在的时刻。通常，这个时刻不会很多，除了自己和关系极密切的人以外，不会有更多的人看到。

戈夫曼的这套理论在移动互联网时代面临的一个新问题是：移动网络的出现似乎让我们的"前台"以一种可怕的速度在延展，而"后台"的空间则在不断地退缩、减少。讨论这一问题的过程，在某种程度上足以回答本文开头关于微信是否让我们变得更加"虚伪"的设问。如果我们把"虚伪"等同于"前台表演"时间的增多，那么我们将看到，在微信朋友圈的"绑架"下，我们每天几乎24小时都处于"前台"。早上起床微信自拍刷脸，每去一个地方都打卡签到，时而低调炫富，时而转发看似寓意深刻的鸡汤文。在这八万四千六百秒的时间内，每一秒钟几乎都贡献给了此类廉价的表演。说实话，悲催的真相是，我们的内心一如过去那样热衷于表演，只是现在表演的成本和门槛更低：几张PS痕迹严重的照片、几则转帖、几帧模糊不清的场景，塑造出了我们微信时代的公众形象。换个说法，这叫互联网思维。

互联网思维这个词，于今确实是落伍了。后起代之的一个词是：O2O，中文翻译为"从线上到线下"。当我们对着社交网络热烈表演一通之后，却又发现，无论时代如何倾向于"线上"，但戈夫曼所说的"前台表演"仍然具有确凿无疑的"物质性"和"现实性"。于是，我们尽力使自己在生活中的真实形象符合微信中的虚拟表演，以打通所谓的"O2O闭环"。其实这就是创业课堂里所宣讲的新商业模式的社会学基础，无非是两种"表演"的交融结合。假如我是一个厨子，那么我不但得菜做得好吃，而且需要在朋友圈里体现出"我是个厨子"。否则,我就不算一个特别称职的厨子。

问题在于,一个厨子的社会角色肯定不只是厨子而已。在另一些时候,他可能是一位食客;在家庭里可能扮演父亲、丈夫等角色;而在雇佣关系中,他又是一个需要讨好老板的员工;如果自己创业,他还需要讨好投资人和金主……所谓的"O2O",从社会学的角度来看无非就是一种从虚拟到现实的表演,谁能最好地在这场旷日持久的演出中塑造最佳的公众形象和人格,谁就走在了成功的道路上。俗话说:人生如戏,全靠演技。移动时代,这句话更是绝对真理。在登上人生的戏剧前台时,表演者通过精心设计的前台布局、服装、灯饰等因素的配合,以达到更好的表演效果,获得更多掌声。在后台则不需要这些,表演者从前台回到后台,便从戏剧回到现实,即人们在前台的行为举止和在后台时是完全不一样的。

换言之,提供前台表演的场景在一个日益复杂的社会不断增多,我们今天不但要线上的表演,而且要线下的表演,从线上演到线下,每一个不断扩大的前台都占用了我们过多的时间。并且,如今的我们不仅是演员、是观众,还是希腊戏剧中的唱诗班。留言、点赞、转发……让我们成了无比疲惫的演员。我想问的是,当硕大无朋的"前台"不断侵占我们的生活之时,当我们的"后台"已缩小至几无立锥之地,甚至彻底消失时,生活中是否有某些重要的东西正在失衡,在倾塌?

互联网时代的残酷性和暧昧性全在于此。

斯坦尼斯拉夫斯基在《演员自我修养》里描写过一段表演者在后台的真实经历:"打开灯,端详着自己。我看见了完全不是我期待的形象。我在工作时找到的姿势和手势也并不是我想象的那样。而且,镜子暴露了我以前不知道的身上的那些不协调处和那些不美观的线条。因为这样的失望,我全身的热情一下子消失了。"在我看来,要想使这种表演的热情不至于消失,最佳的办法莫过于让后台消失,进而让这面映照了自我的镜子消失。那样,生活的演员们将永远处于在线的状态,永远满怀热情,永远成为一个他所不是的人。

　　诡异之处在于，我们已经习惯甚至爱上了这样的状态，自己却浑然不知。

（摘自《读者》2015年第21期）

## 我也曾对这种力量一无所知

韩 寒

经常有朋友问我，民间高手和职业运动员到底哪个厉害？作为某些运动的民间高手，又作为职业赛车手，我想说说自己的感受。

首先向大家介绍一下我的爱好之一——足球。我自认为脚法不错且身法灵活，从初中开始，班级联赛拿过全校冠军，在校队当过前锋和门将，"新民晚报杯"中学生足球赛进过区四强。我护球很像梅西，射门很像贝利，曾经一度觉得可以试试去踢职业赛。然而这一切都在某个下午幻灭了。

那是十几年前，我二十岁，正值当打之年。一个学生网站组织了一场慈善球赛，我和几个球友应邀参加，他们也都是上海各个高中校队的优秀球员。对手是上海一支职业球队的儿童预备队，都是五年级左右的学生。我们上海高中名校联队去的时候欢声笑语，都彼此告诫要对小学生下手轻一点，毕竟人家是儿童。由于匆匆成军，彼此都记不住名字，决定大家喊各自球场上的外号，比如二中菲戈、附中克林斯曼、杨浦范巴斯滕、静安巴乔。

上半场结束时，我作为金山区齐达内只触球一次。你们没看错，我只触到了一次球，上半场二十分钟，我们就被灌了将近二十个球。后来裁判嫌麻烦，连进球后中圈开球都取消了，直接改为门将发球门球。我们进球零个，传球成功不到十次，其他时间都在被小学生们当狗遛。

半场结束，我们不好意思再称呼队友的外号，改为叫球衣背后的数字。队长把我们聚在一起，说："兄弟们，这样下去要输五十个球，要不下半场我们就都站在门口堵门吧，力保丢球三十以内。"

最后这场比赛没有了下半场，对方教练终止了比赛，说不能和这样的对手踢球，会影响小队员们的心智健康。

从那次以后，每次和大家一起看球，看到职业球员踢了一场臭球以后，当身边的朋友们纷纷开骂，说自己公司的球队上去也能把申花、上港、国安、恒大或者国家队等队伍灭掉的时候，我总是笑而不语，心中荡漾起二十岁的那个下午，被小学生支配的恐惧。而我也曾对那种力量，一无所知。

然后向大家介绍一下我的职业生涯。中国赛车有两大历史最悠久的顶级职业联赛——中国汽车拉力锦标赛（CRC）和中国房车锦标赛（CTCC），我获得过两次 CTCC 年度车手总冠军，五次 CRC 年度车手总冠军。我参加职业赛车的十四年，一共获得七次年度车手总冠军，五次年度车手亚军。

我经常遇到来自出租车司机、专车司机和各种民间高手的挑战。这还不是在街上互相飙车，而是当我坐上他们车的时候，挑战就开始了。有些司机师傅认得我，常对我说要是他们去参加比赛的话，成绩也会不错，至少不输于我，因为他们在街上开了几十年，红灯起步、抢位钻缝也经常力压百万级豪车。说着说着，司机师傅就情不自禁地开始飙起来。我总被吓成皮皮虾，司机就大笑起来："小兄弟，你职业赛车手这个胆子不行嘛！哈哈哈哈！"许多次去外地参加活动，那些别克商务车的司机一看我坐在车上，也是开得飞一般。除此以外，通过私信和朋友委托，直接向我下战书的也不少。

想听到火星撞地球的朋友们可能要失望了，我从来没有和民间高手、街道大神正面较量过，因为这不是一个数量级的事情。赛车和打乒乓球不一样，赛车有一定的危险，对自己、对他人都是。为了保护人民群众的生命财产安全，我不能随便和民间高手比试谁开车水平更高。

可能有人要笑话了，你怕是输不起吧！我只能告诉你，你对那种力量一无所知。千万别被"高手在民间"这句话催眠了，更别被电影和武侠小说忽悠了。人们乐意看到顶级格斗高手被民间摊饼大叔利用平时做煎饼所积累下来的技术打败，也普遍愿意相信这样的故事；更津津乐道于捡到一颗仙丹，看了一本奇书，三天速成干翻一代宗师。归根结底，还是这样的故事能愉悦大众，让大家产生一种"高人不过尔尔，说不定我也可以"的满足感。可能在某些手艺活方面，的确高手在民间，但我相信那也是经过大量的学习与准专业训练，绝不是一朝一夕可以练就；另外一方面，在竞技体育以及科研、科技等领域，所谓的民间高手更不可能与专业人员抗衡。

我做过多次赛车驾照培训班的主教官，遇到不少有趣的学生。我能感受到他们有着非常高的心气，家境也不错，有一定的驾驶基础，开着超级跑车或改装车来考赛车执照。他们在上理论课的时候已经跃跃欲试，对教官讲述的内容也略显不耐烦。一般我们都是很保护学员的这种自信的，因为他们的自信心会在未来几天里被摧毁，从他们坐上助理教练开的车过第一个弯的时候开始。

有很多一开始抱着砸场的目的，中途又变成小白兔的学员，后来在职业生涯都取得了很好的成绩。因为他们既拥有敢于挑战的心，也拥有对自我认知调节的能力和学习的欲望。最关键的是，他们之后无一不是经过了大量的练习，从新手赛开始，一步一个脚印，成为优秀的职业车手。

经历了那场被小学生"团灭"的球赛以后，我觉得，可能我更适合一个人的运动吧，比如打台球。

于是我打了很多年的台球，球技日益成熟。作家圈公认的台球高手石康，在经过无数个夜晚的鏖战最终输给我以后，远走美国，一去不复返。身边能和我抗衡的人越来越少。我潇洒的出杆、奇妙的走位，折服了身边的朋友，他们给了我一个外号：赛车场丁俊晖。然而，我还是更喜欢一年多前，一个球馆老板叫我的那个名字——松江新城区奥沙利文。

就在前几天，我去和潘晓婷打球。我是这么想的，虽然我实力不如她，但凭借着赛车时练就的抗压能力，多年起起伏伏带来的强大心态，至少还是有一丝机会的。况且她也是人类，总会失误吧。

因为她是世界冠军，让她开球我基本就没有上场机会了，所以我们约定，输了的开球。潘晓婷把球摆好，说："你开球吧。"

"九球天后"为我摆球，我"松江奥沙利文"还不得好好表现一番。对于这次较量，我做好了应对的方案。我会多做防守，迫使潘晓婷尽量打远台进攻，等她失误时，我再一剑封喉，用我的智慧和心态，弥补实力上的差距。想到这里，我嘴角露出一丝诡异的笑容，慢慢起身，抄起杆，一个大力开球。

那个夜晚，我基本上只在干一件事情，就是开球。

（摘自《读者》2018 年第 6 期）

## 重修祠堂

陈忠实

  白嘉轩正在谋划给白鹿村创办一座学堂。白鹿村百余户人家,历来都是送孩子到七八里地外的神禾村去念书,白嘉轩就是在那里早出晚归读了五年书。他想创办学堂不全是为了两个儿子就读方便,只是觉得现在应该由他来促成此举。

  学堂就设在祠堂里。那座祠堂年久失修,虽是祭祀祖宗的神圣地方,但毕竟又是公众的官物,没有谁操心。五间大厅和六间厦屋的瓦沟里落叶积垢,绿苔绣织,瓦松草长得足有二尺高;椽眼里成为麻雀产卵孵雏的理想窝巢;墙壁的泥皮剥落掉渣儿;铺地的方砖底下被老鼠掏空,砖块下陷。白嘉轩想出面把苍老的祠堂彻底翻修一新,然后在这里创办起本村的学堂来。他的名字将与祠堂和学堂一样不朽。

  祠堂和村庄的历史一样悠久,却没有任何竹册片纸的典籍保存下来。搞不清这里从何年起始有人迹,说不清第一位来到这原坡挖凿头一孔窑洞或搭置第一座茅屋的始祖是谁。这个村庄后来出了一位很有思想的族长,他提议把原来的侯家村(有胡家村一说)改为白鹿村,同时决定换姓。侯家(或胡家)老兄弟两个要占尽白鹿的全部吉祥,商定族长老大那一条蔓的人统归白姓,老二这一系列的子子孙孙统归鹿姓;白鹿两姓合祭一个祠堂的规矩,一直把同根同种的血缘维系到现在。改为白姓的老大和改为鹿姓的老二在修建祠堂的当初就立下规矩,族长由长门白姓的子孙承袭下传。现在,白嘉轩怀里揣着一个修复祠堂的详细周密计划走进了鹿子霖家的院子。

这是白鹿村乃至整个白鹿原最漂亮的一座四合院。鹿子霖在厢房听见一阵陌生的脚步声就走到庭院,看见白嘉轩进来,忙拱手问候。白嘉轩说:"我找大叔说件事。"鹿子霖回到厢房就有些被轻贱、被压低了的不自在。白嘉轩走进上房的屏风门叫了一声:"叔哎!"鹿泰恒从上房里屋踱出来时左手端一只黄铜水烟壶,右手捏一节冒烟的火纸,摆一下手,礼让白嘉轩坐到客厅的雕花椅子上。鹿泰恒坐在方桌另一边的椅子上,细长的手指在烟壶里灵巧地捻着金黄绵柔的烟丝,动作很优雅。

白嘉轩说:"大叔,咱们的祠堂该翻修了。"鹿泰恒吹着了火纸,愣怔一下,燃起火焰的火纸迅速烧出一节纸灰。鹿泰恒很快从愣怔里恢复过来,优雅地把火纸按到烟嘴上,优雅地吸起来。水烟壶里水的响声也十分优雅,直到"噗"的一声,吹掉烟筒里的白色烟灰,说:"早都该翻修了。"白嘉轩听了,当即就品出了三种味道:"应该翻修祠堂;祠堂早应该翻修而没有翻修是老族长白秉德的失职;新族长忙着娶媳妇、埋死人,现在才腾出手来翻修祠堂。"白嘉轩不好解释,只是装作不大在乎,就说起翻修工程的具体方案和筹集粮款的办法。鹿泰恒听了几句就打断他的话说:"这事你和子霖承办吧,我已经老了。"白嘉轩忙解释:"跑腿自然有我和子霖。你老得出面啊!"鹿泰恒说:"你爸在世时,啥事不都是俺俩搭手弄的?现在该看你们弟兄搭手共事了。"随之一声唤,叫来了鹿子霖:"嘉轩说要翻修祠堂了,你们弟兄俩商量着办吧。"

整个漫长的春天里，白鹿村洋溢着一种友好、和谐、欢乐的气氛。翻修祠堂的工程已经拉开。整个工程由白嘉轩和鹿子霖分头负责。鹿子霖负责工程，每天按户派工。白嘉轩组织后勤，祠堂外的场院里临时搭起席棚，盘了锅台，支了案板。除了给工匠管饭，凡是轮流派来做小工打下手的人，也一律在公灶上吃饭。厨师是本村最干净利落的几个女人。男人们一边围在地摊上吃饭，一边和锅台边的女人调笑打诨，欢悦喜庆的气氛把白鹿两姓的人融合到了一起。

白嘉轩提出的一个大胆的方案得到了鹿子霖爽快的响应：凡是在祠堂里敬香火的白姓或鹿姓的人家，凭自己的家当随意捐赠，一升不少、一石不拒，实在拿不出一升一文的人家也不责怪。修复祠堂的宗旨要充分体现县令亲置在院里石碑上的"仁义白鹿村"的精神。不管捐赠多少，修复祠堂所需粮款的不足部分，全由他和鹿子霖包下。白嘉轩把每家每户捐赠的粮食记了账，用红纸抄写出花名单公布于祠堂外的围墙上，每天记下花销的粮食和钱款的数字，心里总亮着一条戒尺：不能给祖宗弄下一摊糊涂账。整个预算下来，全体村民踊跃捐赠的粮食只抵全部所需的三分之二，白嘉轩和鹿子霖两家合包了三分之一。

整个工程竣工揭幕的那天，请来了南塬上麻子红的戏班子，唱了三天三夜。川塬上下的人都拥到白鹿村来看戏，来瞻仰白鹿村修造一新的祠堂，来观光县令亲置在祠堂院子里的石碑，来认一认白鹿村继任的族长白嘉轩。

这年夏收之后，学堂开学了。白嘉轩被推举为学董，鹿子霖被推为学监。二人商定一块去白鹿书院找朱先生，让他给推荐一位知识和品德都好的先生。朱先生见了妻弟白嘉轩和鹿子霖，竟然打躬作揖跪倒在地："二位贤弟请受愚兄一拜。"两个人吃了一惊，面面相觑，忙拉朱先生站起，几乎同声问："先生这是怎么了？"朱先生突然热泪盈眶："二位贤弟做下了功德无量的事啊！"接着竟然感慨万端，慷慨激昂起来："你们翻修祠堂是善事，可那仅仅是个小小的善事；你们兴办学堂才是大善事，无量功德的大善事。

祖宗该敬该祭，不敬不祭是为不孝，敬了祭了也仅尽了一份孝心，兴办学堂才是万代子孙的大事。往后的世事靠活人不靠死人呀，靠那些还在吃奶的、学步的、穿烂裆裤的娃儿，得教他们识字念书晓以礼义，不定那里头有治国安邦的栋梁之材呢。你们为白鹿原的子孙办了这么大的善事，我替那些有机会念书的子弟向你们一拜。"白嘉轩也被姐夫感染得热泪涌流，鹿子霖也大声谦和地说："朱先生看事深远。俺俩当初只是觉得本村娃娃上学方便……"

朱先生的同窗学友遍及关中，推荐一位先生来白鹿村执教自然不难，于是就近推荐了白鹿原东边徐家园的徐秀才。男人们无论有没有子弟就学，都一齐参加了学堂开馆典礼。

典礼隆重而又简朴。至圣先师孔老先生的石刻拓片侧身像贴在南山墙上，祭桌上供奉着时令水果、一盘点心、一盘油炸馃子。两支红蜡由白嘉轩点亮后，祠堂院庭里的鞭炮便爆响起来，他点了香就磕头。孩子们全都跪伏在桌凳之间的空地上，拥在祠堂院子里的男人们也都跪伏下来。鹿子霖和徐先生依次敬香跪拜后，就侍立在祭台两边，关照新入学的孩子一个接一个敬香叩头。最后，是村民们敬香叩首。祭祀孔子的程序完毕，白嘉轩把早已备好的一条红绸披到徐先生肩上，鞭炮又响起来。徐先生抚着从肩头斜过胸膛在腋下系住的红绸，只说了一句话作为答词："我到白鹿村来只想教好俩字就尽职尽心了，就是院子里石碑上刻的'仁义白鹿村'里的'仁义'俩字。"

（摘自《读者》2018 年第 21 期）

# 75 岁理工男的创业路

郭 佳

## 与互联网思维无关

  父亲做皂,始于 2007 年。生完孩子出月子后,我第一次逛街,偶遇"以色列古皂",便毫不犹豫地带回家中。抛开它的卖相和成分不说,我最中意的,是它没有香味。

  但在爸妈眼中,那块古皂太像他们熟悉的老肥皂了。我辩解:"这是手工皂,是用橄榄油、月桂油做的!"老爸说了句:"手工皂?那咱自己做。"

  几天之后,老爸动手了,动手之前他已查阅大量资料,并根据家中已有材料做了精细的计算。

  工程师出身的他,几十年都是这种做派。老妈一定没想到,做个皂要搅拌那么长时间,从中午折腾到下午。橄榄油变成了黏稠的膏状物,很像融化的冰激凌。又过几天，老爸用线切割之后，100%特级初榨橄榄油皂制成了！

我们习惯了老爸能做桌子，做沙发，做西服……但还没习惯他做皂，因此一段时间里，大家都有些兴奋。

有一次，老妈发牢骚："日本人的洗衣液真好，但太贵太不经用了，你能不能做些洗尿布的皂？最好是液体的！"我纳闷，哪里有什么液体皂？这不是出难题吗？

但见证奇迹的时候到了：妈妈说要液体皂，液体皂就有了；妈妈说"沫再多点就更好了"，于是就多了很多沫；妈妈说"沫够多了，洗完手有点干呀"，于是依然有很多沫，但皂液更温和了。

只要老妈敢说，老爸就敢做，这是他们的游戏。

后来我听说，这也是"互联网思维"：我有需求，你满足我的需求。但我爸又有点不那么符合互联网思维。家里有的，如特级初榨橄榄油、有机茶油、大豆油，相继被他变成了皂，接着，他竟然利用超市购物的机会，买了小瓶的月见草油、大瓶的芥花油做实验。

眼看他把一项"公共事业"变成自己的私人游戏，我妈受不了了，正式提出要求："请你把更多的精力用在做饭上吧。你做的皂太多了，一年也用不完。"

## 开个店，就当养条狗

两年前，家中小狗得癌症去世，全家黯然。作为家庭的一员，小狗在它生命的最后两年里承担着陪伴父亲的重任。当妈妈为了帮我照顾孩子不得不留老爸独自在家时，小狗的存在让老爸过着一天四遍风雨无阻去遛狗的规律生活。没狗，怎么办？

我对他说："开个网店吧！您就像平时那样做——有人买，就卖；没人买，也不损失什么。"我的想法很简单，让老爸用做皂来填补小狗的空缺。

父亲马上提出一系列问题：怎么打造标准？怎么批量生产？怎么做好销售？怎么做好现金流……我回答不了，只是一味鼓励：先不想这些，先做起来。

于是他开始准备。第一步，确定手工皂的外观和重量；第二步，确定产品种类；第三步，制作模具；第四步，撰写说明书，即宝贝详情。我说我愿意周末回去打下手，负责包装，做宝贝详情。

准备期很长，我催他，他说在找制图软件；再催，他说在学习使用软件。他就是想尝试用绘图软件制图，他习惯了做事漂亮、精致，然后在这个过程中过瘾。

一个星期后，老爸把模具设计图递给我，电脑绘的图漂亮清楚，一目了然。我问："制图软件用起来难吗？"他说："不难，就是得琢磨。"

网店开张了，我对身边朋友说："帮我哄老爸开心。"就这样，连卖带送，隔三岔五有两三笔订单，买卖成功后我就告诉老爸："你看，你的皂卖出去了。"

但一次意外改变了网店的命运。

有一天老妈熬了梨汁，我刚好在那天把老爸做的厨事液倒在碗里，观察液体的性状。晚上，正在刷碗的妈妈很淡定地说："你爸做的厨事液真好，倒进嘴里一点都不刺激黏膜。"原来，她错将碗里的厨事液当成外孙女喝剩的梨汁，倒自己嘴里了，并因此品出我爸的高明。我笑到无语，就把这件趣事发到微博上，朋友转发并笑说：广告帖！

两三天后，我正在外面带女儿游泳，家里人打来电话："出事了，你快回来吧，厨事液卖疯了！"我这才知道，我的那位朋友自己到店里下了订单，收到货后，又招呼都没打就发了微博。小店因此被引爆，厨事液瞬间卖光。其实，所谓卖光，也就卖了二十几瓶，再多也没有了。

没几天，深圳和北京的电视台要给老爸录节目……

## 做？不做？这是个问题

初衷是用手工皂代替小狗，一不留神，小狗变成了养狗场。

那段日子狼狈至极，老爸像机器人一样，不停地生产。我则被迫在叮咚作响的网上消息和满地包装盒之间跳来跳去，饭都吃不上。

更吓人的是，我分明感觉到，老爸想干点大事。老爸说："我们能不能把这个事业干得更正规一些？"他用了"事业"一词，我的心直往下沉。

他叫着我的小名说："小妹，我是怎样的人，你不是不知道，手心朝上的日子很难过呀！"所谓手心朝上，是指他20年没一分钱收入，这对一个把自尊心当命的人来说，是巨大的屈辱。

小店让他看到了自食其力的机会，但更加正规意味着更加专业、更多钻营、更多成本，这样的游戏非我所爱，也非我所能呀！

我说："再继续的话，在家里干是不行了。"父亲说："那就搬出去。"于是他自己找了一套小房子，把原料从家里搬了过去。我又说："小妤上学了，我没精力帮您发货了。"他说："那我自己发。"于是，每天做完皂之后，他就自己打发货单、配货、包装。

后来，我就不安了。于是我找了一个店长和一个美工，帮父亲朝着期望的"正规一些"的目标慢慢接近。

店长就位后，他们很快打成一片，而且还瞒着我做了一件事：研发新品。我哑然失笑，我居然成了老爸心中的绊脚石？

憋了几天，我给父亲打电话，假装无意地问："爸，听说您在研发一种新品，好呀！"就这样打开了他的话匣子。原来他在炮制一款能遏制白发的纯植物洗发水。他滔滔不绝地介绍，热切地邀请我试用。

那天，我的心是柔软的。20年来，笼罩着我们的那团阴霾，突然变得稀薄了些，让我自觉有力量可以不带成见地直面它。

## 用自身的光亮穿透阴霾

改革开放后，父母成为工程师。不久，父亲被提拔为区里的工业局局长。但他过于强硬、骄傲的个性，注定会惹来麻烦。

1992年1月3日，妈妈突然敲开我北京的房门，她能说的第一句完整的话是："你爸被抓起来了。"那时，我刚刚大学毕业，于世事一片茫然。

抓捕父亲的罪名是"拒不执行法律文书"，由法院执行。继而他又因"诈骗"罪被拘留，由公安局执行。接着他因"贪污"罪再次被捕，由检察院执行。一年多后，法院给父亲的罪名是"玩忽职守"。

父亲回家后，很少出门，用大量时间研修法律，撰写申诉书，但所有投寄出去的材料如同石沉大海。他没有选择上访，大概知道上访的艰辛吧，以他的高傲和对尊严的敏感，他不可能走这一步。

大约10年前，一个朋友提醒我：既然单位并未做出开除公职的决定，那么父亲应该能够办理退休手续。于是我下了好大的决心，开始办理此事。当然，少不了要喝喝酒，求求人。等我都谈好了，回家向他汇报，只要他认个错就可以拿到那些待遇，而他的回答是："我没罪，我是冤枉的，我还是要申诉。"

那一次，是父亲出事后我最愤怒的一次。"您的尊严一定大于现实生活的压力吗？"我在心里说了这句话。

这20年中，我自觉养活了他，而有种道德上的优越感，因此我对他的郁闷不以为意，甚至会觉得他不懂事，不懂得用享受生活来回报我对他的付出。

自从那天在电话里被父亲研究新品的热情打动后，我的改变似乎开始了。我开始领会，其实这些年一直在抱怨的，不是父亲，而是我。他一直在认真生活——认真地遛狗，认真地为我做月子餐，认真地做我女儿的外公。

在不期然遇到互联网，做起网店后，他依然本着一以贯之的认真态度，正是这股认真劲儿让他有机会在75岁的时候重新自食其力。而我却待在阴霾中，忘了人是可以走出去的。

父亲让我明白一个道理：只要自身带着光亮，就能够找到出口，前提是朝着那个方向，走一步，再走一步。

(摘自《读者》2015年第2期，有删节)

# 吃吃喝喝中的经济学
王小花

吃货王小花最近对经济学有点兴趣，可是各种时髦的经济学名词看得她头晕眼花想吃东西。于是乎她就想用身边吃吃喝喝的小世界来试着解释这些复杂的经济现象。

## 众 筹

小区1楼1户的小明同学从厨师学校毕业之后想在小区开家餐馆，无奈只有一身好厨艺，没有足够的钱盘店铺、搞装修、买材料、请员工。于是他把自己开餐馆的计划写成计划书，贴在小区公告栏里，寻求小区众人的帮助。他在计划书中写明筹款时间是这个月的10号至30号，总共需要筹款2万元，约定付出相应数额的钱可以换取未来餐馆相应的代金券和订餐券。

同一层的住户知道小明手艺好，愿意支持他，各买了50块的用餐抵用券；小区的大爷大妈看小明勤劳善良，觉得小伙子自食其力有出息，每人买了20块钱的精品小炒券；小区里的姑娘们对他的美颜莲子羹感兴趣，买了一沓莲子羹换购券；王小花觉得小明哥哥颜值高，包下了1个月的饭菜票；小区的家长们平日忙碌，给孩子们付了3个月的早餐券；小区物业公司跟小明订下协议，给员工发了半年的午餐券。小明人缘好，不到月底就筹够了钱，于是不再进行餐券认购，开始筹备餐馆。

不久，餐馆开业，有抵用券的用券抵扣消费，有换购券的持券换购相应的菜品。这些换购或者认筹得来的券使用完之后，顾客们就用现金付款。这样，小区那些购买餐券的住户们帮助了小明，也得到了他们认筹的水煮鱼、京酱肉丝和小炒肉；小明同学凭借过人的厨艺、良好的信誉、完备的计划书，在资金不足的情况下把餐馆开了起来，并且经营得越来越好。小明开餐馆筹钱的过程就是一个众筹案例。

不过绝大多数众筹平台通常依托互联网，而不是小区的公告栏。

## 泡沫经济

街角的A咖啡店引入了一种甜品——牛角甜甜圈，半个牛角面包和半个甜甜圈的组合体。这款产品全城只有这一家店有卖，瞬间引发了追逐狂潮。一份甜甜圈5元，一份牛角面包5元，但是把它们拼在一起做出的新甜品却身价大涨，大家愿意多出钱抢购牛角甜甜圈，所以一份牛角甜甜圈的价格被抬到了40元。后来城里的许多糕点店、咖啡店都学着做牛角甜甜圈，由于大家仍然觉得抢到牛角甜甜圈，并跟它合影上传到微信朋友圈是件高格调的事，全城的牛角甜甜圈生意都很好，而且仍旧供不应求，价格还在上涨。黄牛甚至一车一车往家囤，等着第二天涨价的时候卖给那些买不到的顾客。这个时候，牛角甜甜圈的产业链就产生了严重的泡沫。

王小花拿着店家给的号码牌等了半个月也没有领到自己心心念念的牛角

甜甜圈，就在黄牛那里花 50 块买了一个尝尝。可是她吃了之后觉得味道也就那样，不像别人描述的那么妙不可言。渐渐地，人们慢慢恢复理智，开始觉得这种甜品好像也没那么特别，花上四五十元买块破面包有点不值当，而且不再有追逐这种热潮的心态，牛角甜甜圈的生意就开始不好做了。价格一路下跌，一直跌到了 5 元、6 元，仍然卖不出去。这个时候我们就说牛角甜甜圈的泡沫爆掉了。那些囤了一车车牛角甜甜圈的黄牛，看着冰柜里还没有卖出去的甜甜圈开始变质、失去价值，心如死灰，再看看账目上亏掉的数字，悲痛欲绝。

## 对 冲

王小花所在的 C 城气候变化很不规律，在这里经常感到春夏秋冬四季随机出现，这个礼拜"冻成狗"，下个礼拜"热成汪"。学校门口只卖冷饮的摊贩觉得生意很不好做，而旁边的小卖部老板却很有头脑。他的小卖部里存着足够的东西，冰箱里摆着冰棍、凉茶，保温桶里存着热奶茶。天热了就开始叫卖冰汽水、凉面，天冷了就摆热玉米和热茶叶蛋。所以小卖部的生意总是红红火火，不会因为天气变化而没有收入。

小卖部抵抗天气风险的方法就是同时备齐冷天和热天两种对立天气适合的畅销商品，这样不管天气是冷是热都有东西可以卖，总有钱可以赚。像这样用两种对立投资来抵抗市场波动的风险控制手段就叫作对冲。

## GDP

王小花的同桌在吃香喷喷的烤红薯，王小花看得口水直流，所以她向同桌提出，只要同桌愿意把烤红薯让给自己，自己隔天会支付 100 元给同桌作为回报。同桌觉得这个买卖好划算，于是答应了，双手奉上烤红薯。但就当王小花刚要下口的一刹那,同桌突然觉得舍不得烤红薯,于是提出自己也愿意花 100 元来买王小花手上的烤红薯,王小花思考了一下,也同意了。

小花舔着嘴巴想了想,虽然自己没有吃到烤红薯,但是她和同桌似乎在无形中为国内生产总值做出了 200 元的贡献,突然觉得自己有点伟大。

(摘自《读者》2016 年第 3 期)

## 被互联网公司锁定的猎物

韦 星

下午,"叮咚"一声,沙发上的手机响起,屏幕上显示:"亲,您孩子的奶粉该换成 1 阶段的啦。"

徐冰看了一眼,笑了:"比我还了解我的孩子。"她笑得有些无奈,"这是我今天接到的第 9 条导购短信。"

这些推送在给她带来便利的同时,也让她坐卧不安:"总感觉有个陌生人在时刻盯着你,让人很不自在。"

一向谨小慎微的徐冰对此已不再计较了,但"不计较"不过是无奈挣扎后的缴械投降。不论喜欢或讨厌,生活中遇到的这一切,都由不得她。

在互联网时代,徐冰的生活不可能与之割裂。在用手机下载和绑定这些社交软件和购物平台的同时,她的生活也被它们深深"绑定"。

身处时代旋涡中的每一个人,不过是其中的一滴水。

## 被改变的日常

最近 5 年，徐冰在过去 20 多年所形成的注重隐私的习惯，已被迫做出改变和调适。"如果不妥协，你很难和这个时代相处。"

现年 30 岁的徐冰已有 10 年网购史。她记得，10 年前开始网购时，联系电话和收货地址都只写公司的。

后来，随着网购业发展，信任关系逐渐建立、加强，她对更便利生活的向往也在不断提升。最终，她将收货地址具体到小区的房号。

不过，在随后更为便利的日常网购中，她的烦恼不断衍生。自她第一次在购物网站搜索并购买 Pre 阶段奶粉后，孩子各个阶段所需的商品推荐陆续到来，比如尿布、衣服等婴儿用品。

"平台搞活动时，我甚至一天能收到 40 多条导购短信。"现在还能记住她生日的，也就是各网购平台的商家了。

短信骚扰或推荐，只是一方面，可怕的是互联网精准推荐所带来的烦恼。一年前怀孕时，徐冰在某网站搜索并购买孕妇装的那段时间，她每次登录该网站，推荐给她的都是各门店的孕妇装。

如今，孩子出生、成长的不同时期里，相关门店也相继给她推荐各类产品。这些产品的风格和价位，和徐冰过去购买的相类似。

令人吃惊的是，徐冰和朋友刚聊到惠州房价时，第二天，她就收到微信朋友圈一条原创的地产广告。"是我和朋友聊天提及的那片区域。"徐冰说，"太可怕了！每次上网，总以为面对的是冰冷的电脑或手机，其实在这些设备看来，我们就是透明人。"

在 2014 年的中国年度管理大会上，阿里巴巴集团董事局主席马云曾自豪地表示："我们对一个人的了解远远超过你自己。你是不了解你的，电脑会比你更了解你。"

当电脑更了解你并不断引导和提醒你购物时，"徐冰们"的日常生活被改变了。电脑如何了解我们，很多人不知道，但商城的卖家很清楚：那是通过精准计算来实现精准推送的。

## 从精准计算到精准算计

老家在湖南益阳的黄元龙，2012年在东莞虎门做起服装生意。虎门只是黄元龙的发货地，他的门店分别开在3家电商平台上。过去6年里，他的网店后台共收集到20多万名客户的电话、住址等信息。

黄元龙说，那些商品价格较低的卖家，收集到的客户信息比他还多出两三倍。

通过分析这些客户信息，可以掌握客户的购买习惯，明白客户的购买意向，进而在搞活动等时间节点上，拿来"温馨提示"客户。

不过，黄元龙坦陈，商家本身对这些数据的使用不多，使用多的主要是平台，因为平台本身的数据库更加庞大。而且平台本身有这个技术，可做到精准计算，进而达到精准推送。

但平台的精准推送不是按照产品质量和服务质量进行的，而主要通过竞价排名来推送，通俗说就是，谁给钱就推送谁的产品。这样的精准推送，结果常常演变成"精准算计"和"精准骗局"。

"过去主要靠刷单来提升门店商品的排名，排名靠前就有更多的曝光机会，销量会因此大增。"黄元龙说，后来这些平台调整和减弱了销量在排名上升中的权重，主要靠推广来提升排名。

有了推广费的"付出"后，黄元龙的商品可以在某购物网站的搜索结果中跃居前四五页。"付的推广费越高，商品就越靠前。"黄元龙说，这是指同一属性的商品。不同的商品，平台方可做到"千人千面"。

"千人千面"是精准推送的形象比喻，这个技术，目前一些互联网的营销平台都在使用。

介绍这个技术前，先回到一个"残酷"的现实。

有一次，徐冰在某网站搜索"连衣裙"3个字，向她推送的连衣裙的商品价位，都在100元~200元——这也是她经常购买的价格。但此时，坐在她身边的一位朋友，同样用手机在该网站搜索"连衣裙"，但网站推送给她的连衣裙价格都在500元~1000元。

同一平台、同一关键词，不同的人搜索，显示的却是不同价位的商品。搜索引擎的"嫌贫爱富"让徐冰很是恼火。不仅如此，同一个人、同一平台、同一关键词在不同城市的搜索结果也是不一样的，因为涉及这个产品是否在这个城市推广。

陈阳很清楚其中的玄机。他是"90后"，目前供职于深圳一家科技公司。他说，搜索引擎"嫌贫爱富"的背后，是网上商城进行大数据处理的结果：不同的人，其搜索和购买的产品是不一样的，每个人的经济条件不一样，由此衍生出的购买力也不一样。他们在互联网上的购买习惯、浏览习惯会被互联网"记住"，并通过人工或自动设置了标签，诸多标签会对用户的行为进行多维度刻画和归类。

当这些用户再次登录时，平台就会根据他们的喜好、购买力、购买习惯，优先推送和分发在商城打了广告的商品，做到买与卖的精准匹配。

## 操控与被操控

互联网对人的消费习惯进行精准计算和画像的背后，涉及大数据的应用。大数据是由美国硅图公司首席科学家John R.Masey提出的，主要用来描述数据爆炸的现象。

徐冰的遭遇就是大数据应用于精准营销的典型。网上商城平台营销人员通过大数据分析用户行为，帮助零售商锁定目标客户群，并据此制订和推送营销方案。在这个过程中,做到精准营销的关键在于平台拥有庞大的数据量作为支撑。在此基础上,开发者可以进行大数据分析,所以各个平台都很注重对用户信息的收集。在收集客户信息上,平台主要通过实名认证的要求进行,这些基本信息包括姓名、性别、身份证号、手机号码、家庭地址等。

通过让利补贴和限于实名用户参加等活动与要求,平台收集到用户的信息。这是较为传统的收集方法,收集到的主要是结构化的数据——计算机程序可以直接处理的数据。

此外,平台还会收集非结构化数据,包括文本数据、图像数据和自然语言的数据,这些数据不是计算机程序可以直接处理的,需要先进行格式化转换才能进行信息提取。

其中常用的就是网络爬虫技术,这是搜索引擎抓取的重要组成部分。

用户通过运营商的设备上网时,其所有的行为数据都可以被记录下来,比如上了什么网、网速多少、上了多长时间。如果继续分析内容,还可以获得更多数据,"完全可以知道用户在干什么"。

通过上网记录,还可以分析用户的兴趣爱好,关注什么东西,和谁联系、互动比较多,等等。

用户登录各网上商城时,平台对他们信息的抓取就更精准了。"现在很多年轻人的钱都放在余额宝,而不是银行。"陈阳透露,有些网站甚至可以据此掌握买家财富的多寡。它们通过庞大的数据库可以构建出买家的兴趣模型,并且对这个用户进行精准刻画,比如:购物频率,对促销的敏感度,以及购买后是否积极参与对商品的点评等,都会生成标签。

"客单价"是互联网商城常用来给消费者分等级、打标签的一个词,主要指用户每次消费同类产品的价格,以此来给这个用户画像:他是不是具有较强购买能力的土豪阶层?

除根据用户浏览的页面和已购买的商品外,还通过他们的加购行为(加到购物车的商品)以及加入收藏夹的商品,来刻画他们的消费意向和兴趣爱好,并将付费推广的商家推送给相关等级的客户。

这种情形下,人们要么不上网,要上网就只能选择"裸奔"。目前,阿里、京东、腾讯、百度等互联网公司都争相展示自身在精准推送等方面的能力。

这种能力和信心源自他们产品的独霸性。现在,互联网大佬的产品几乎包罗万象:你可能不用他的这个产品,但他的其他子产品你一定在使用。一旦使用,"裸奔"也就开始了。

腾讯声称,可以通过人口学、用户兴趣、用户使用的设备(以此判断消费能力)、使用行为,给用户信息打上标签,然后推荐给需要精准投放广告的商家。在人口学标签方面,腾讯声称,可以就性别、年龄、居住小区(以此判断消费能力)、学历、婚恋、资产,以及工作状态进行精准的广告定向。

比如微信广告,可以提交两千个关键词,可以精准到商圈、地标和地铁口,也可以让商家自定义一个位置,之后通过自身掌握的极其庞大的数据管理平台,进行筛选和发送。

阿里也声称具备了上千种标签,能帮助商家"精准找人",同时具备了十余种推荐算法,满足精准推荐的需要。

人由此变成了被互联网公司锁定的猎物。

(摘自《读者》2018年第18期)

## 读书人为何丢了书卷气

韩浩月

有段时间我收集了一些作家画像，有福克纳、海明威、菲茨杰拉德、毛姆、石黑一雄等，还把其中两位的黑白照片打印出来挂在电脑上方。这样，码字的时候，时时会感觉到头顶上有人在注视，这种感觉不错。

喜欢这些作家画像，是因为可以感受到他们身上的统一标志：书卷气。福克纳有卷卷的小胡子，很帅气；海明威看上去彪悍、勇武，但笑容与眼神里都藏有温柔；毛姆并不像一些传记里写的那样内向、阴柔，他看上去深邃又安静……而这，都得益于他们身上的书卷气。

作家是最该有书卷气的一群人。过去的中外作家，大多身带浓浓的书卷气，当然，这或与我们看待已进入文学殿堂的他们的视角有关，会人为地为他们涂抹"偶像"的色彩；抑或与他们的作品已成经典有关，由书及人；更可能与时代有关——书卷气是属于过去某个时代的，在当下找不到书卷气，是因为那个时代过去了。

中国现代作家中，书卷气十足的人太多了，几乎有一个算一个。如果尝试在还活着的当代作家身上寻找书卷气，不是没有，而是不多。书卷气就这样从一个群体身上莫名其妙地消失了。

我经常接触一些读书人：读的书挺多，各有所长，但依然没有明显的"书卷气"。以我为例，我偶尔对着镜子试图说服自己——这是个读书人，内心却很难承认，因为表情里有焦虑，眼神里有浮躁，性格里有戾气，尽管用了十八般武艺去"镇压"，但还是不行。读书人该有的视野的开阔与远大，内心的安宁与淡定，都远远不足，仍然是一粒飘在喧嚣时代的尘埃。

书卷气并非读书就能带来的，它是内在格局与外在本领的结合。内在格局不说了，这个很难说清楚，也没法给出标准要求；外在本领则可以一五一十地拿出来，简化为七个字：琴棋书画诗酒茶。前五项本领基本丢了，酒和茶倒被传承了下来，只是很多时候也是瞎喝，连"借酒浇愁"的境界都达不到，茶也难品出多少滋味。

外出参加活动，我被别人当成"文人墨客"。每当活动进入"题字留念"这一环节时，我总是"仓皇出逃"，万万不敢在人家精心准备的上等好纸上留下别别扭扭的字迹。要知道，能写一手好字，在从前是读书人的标配。即使历史上那些名声不好的读书人，字拿出来，也往往令人赞叹。

书卷气真的不单是一种气质，它更像是一种"人格与技能"的合成，人格要高尚，要有悲悯、有关怀。这样的人格需要漫长的阅读与思考才得以炼成，还要经受得住天性的考验。有些人天性不好，伟大的人格经常被邪恶的天性给淹没了；至于技能，那是需要付出巨大的精力、漫长的时间才得以成为随身本领的——琴棋书画这四样，哪样不得浸淫十年以上？

所以，书卷气的消失，有一个重要的原因是时间不够用。以前的读书人，有的是时间，木心说从前"车，马，邮件都慢"，说的已经是工业社会中后期的事情了。再往前推，在漫长的农业社会，对读书人来说，时间更是富裕，就算是埋首故纸堆也埋得起。但凡有些灵气，读书人都不会读成书呆子，而会成为受尊重的"社会贤达"。

现在的读书人身上缺少书卷气，大约与没法把读书当成一项毕生追求的职业有关系。在当下，谁敢说能够单凭写作或者"贩卖"大脑里的那些知识养家？除了走到塔尖上的少数著名作家，绝大多数读书人还得用另外一项技能糊口。读书更多时候是一种休憩或寄托，遇到生活不顺，这点寄托便也干脆不要了。

古人说"三日不读书，便觉语言无味，面目可憎"，可见书卷气是写在脸上的。但在互联网、人工智能时代，更多的人开始"读屏"，读书的人越来越少。于是有人说"读什么内容很重要，通过什么介质读不重要"。这个说法成立，"读屏"只要读的是精品、经典，是有体系、有思考的内容，一样能"秀才不出门，便知天下事"。可是在大数据的智能推送以及社交媒体对人性的精细揣摩下，重复信息及无用信息如洪流一样，让人身陷其中无力自拔，读书人也中了招。

我们看科幻作品，小说也好，电影也好，会发现未来人类与未来生活光怪陆离，在那些充满想象力的画面中，是看不到任何书卷气的。眼下我们意识到书卷气很重要，是因为农业社会留下的文化记忆太过深刻，并且时常让我们觉得，书卷气虽然抵御不了被时代车轮碾轧的痛楚，但起码会带来一点安慰。

为了这点安慰的光亮，整个社会开始重视书卷气，开始寻找具有书卷气的人。一名演员拥有书卷气，他便拥有了更好的接戏机会；一个普通人拥有书卷气，也会得到更多的尊重与欣赏。在这样的环境下，读书人该奋起，不该放弃。要知道，读书人丢了书卷气，这是一件多么令人无奈而悲哀的事情啊。

(摘自《读者》2020年第8期)

## 同胞家书

柯云路

整理父亲的遗物时，发现数封大伯的信件。每封家书，大伯都以"亲爱的锦祥胞弟"开头。父亲是极为细心的人，重要信件常会先打草稿，有些草稿会同来信一起存留，这就使得父亲自己的文字也保留下一些。"敬爱的尔文胞兄"，是父亲对大伯一以贯之的尊称。

父亲生长在上海浦东一个热闹的大家庭。奶奶一辈子生育过六男六女，12个子女存活下来8个，大伯和父亲是仅存的两个男孩，自然备受呵护。大伯年长父亲5岁，让长子成才是那个年代整个家族的梦想。在乡下务农的爷爷奶奶勉力供养大伯读至大学毕业，相当不易。待大伯能在社会立足，父亲的读书费用便全由大伯负担。可惜由于战乱，父亲未能读完大学就被迫辍学。

大伯并未辜负长辈的期待，成为颇有成就的建筑设计师。在2003年致父亲的家书中，他这样表述自己的人生观："在基点之上人分3类，一般努力，比较努力，很努力。"大伯显然把自己归于"很努力"的那种。他说：

"我自幼树立正确的人生观，在每个环节都是努力争取做到完胜。这是在工作中取得成功的基本所在。"大伯本名锦堂，大学毕业后考取一家法国人开办的建筑师事务所并出国工作。在国外时为交往方便，改名尔文。太平洋战争爆发后，大伯"思念家人父母，毅然回国"（大伯家书语）。新中国成立后，他进入华东设计院，直到退休。他的"最后两个设计作品是苏州南林宾馆和上海南京路海仑宾馆，都得到好评"（大伯家书语）。

父亲早年跟随大伯工作历练，在日记中用"恩情难忘，终身铭记"8个字形容胞兄的照顾和培养。新中国成立初期，父亲独自到北京工作，不久在"三反""五反"运动中遭人诬陷，被打成"老虎"，关押在一处荒弃的校园，日夜受审，被强令交代"贪污罪行"。年轻的父亲此前一直在大伯的悉心保护下，何曾遭遇过如此的险与恶？消息传到上海家中，母亲带着年幼的子女，跑到大伯那里讨主意。大伯二话不说，当即让大伯母将她的金银首饰悉数拿出，说救弟弟要紧，有天大的事等人出来再说。

母亲将我们托付给爷爷奶奶，独自怀揣着自家房契和大伯母的金银首饰到了北京，用这些东西换回父亲。清白的父亲自然不服，反复申诉后，事情终于查清，的确有人诬告，真正的"老虎"被绳之以法，房契及大伯母的金银首饰被原样退还。这似乎是个喜剧的结尾，却给父亲的精神造成无法愈合的创伤。父亲生前多次忆起这段经历，感念大伯无私的救助，晚年更常常怀念儿时与大伯相处的快乐时光。

2008年春，那时母亲已去世一年，大伯在信中平静地谈到生死，他说："人生到了最后的阶段，过去到现在正在眼前，未知以后如何难测，百岁的人总是少数。"这是大伯给父亲的最后一封家书，而父亲在回信中则对大伯说："感慨归感慨，还望多保重。"

2009年春，来京多年的父亲无法排遣对上海亲人的思念，不顾子女的强烈反对，坚决要去探亲。其时大伯已是90开外的高龄，身患多种疾病；而父亲几年来也时常住院，所谓"风烛残年"。父亲到达上海的时候，大伯正住在医院，耳朵全聋，听不到任何声音，而父亲也要借助助听器才勉强听得到一两句话。当年那个处处呵护胞弟的大哥无力地躺在病床上，耄耋之年的兄弟俩没有任何言语，只是相对微笑，用点头和目光表达着彼此的情意。对于这次见面，父亲在日记中这样写道："此次去上海探亲，自己尚可缓步走路，但时常鼻子过敏流涕。遗憾的是尔文大哥身体不佳，7种病缠身。5月10日那天，我用大半天时间给大哥按摩，手、足、腹、面孔等，强作笑脸。临分手时，忍不住悲哭而别！"

这就是兄弟二人的最后一次见面。

晚年的父亲每逢年节都会给大伯一家写信问候，并寄一点钱表达心意。他的这些信件都留有底稿。他记下的最后一笔汇款在2012年1月，就在这个月，他所尊敬的大嫂去世，不到一个月后，"敬爱的尔文胞兄"也撒手人寰。因父亲那时已极度虚弱，怕他伤心过度，我们只将大伯母去世的消息告知，也就是说，父亲生前并不知"敬爱的胞兄"已先他离去，还常以"敬爱的胞兄尚高寿在世"引为自慰。

父亲是与大伯同一年离世的，直到最后都对大伯怀着深深的眷恋。日记中有不少地方记述他对大伯的牵挂，他"常在梦中与之相会，醒来后辗转反侧，再难入眠"。

血浓于水，这就是同胞手足之情，恐怕当代的独生子女们很难体会。而在互联网时代，电话、视频、微信等早已取代了家书，即使是亲人间的联络也不用那些贴着邮票的信件了。但"烽火连三月，家书抵万金"，于我而言，父辈这些手写的家书弥足珍贵，我会永久保存。

（摘自《读者》2017年第13期）

# 打 工

安 宁

父亲第一次跑出去打工,是被村里的代雨给忽悠去的。代雨去山西挖煤,回来大讲那边怎么能挣钱发财,父亲在一旁闲听着,不知不觉就被吹得天花乱坠的代雨给打动了,想着去赌上一次,发一笔财,然后回来做一些小生意,发家致富。在代雨的嘴里,山西遍地不是乌黑的煤,而是耀眼诱人的金子。而且挖煤还毫不费力,全是机械,人坐在干净的矿车里,按一下开关,就平稳地下到了矿底,然后吊车一启动,煤就全进了筐,人呢,好像就负责看着,装满了往外运输。那现代化的挖煤方式,让父亲觉得像共产主义一样,充满了希望的光芒。

父亲怀揣着一股子理想主义的激情,跟代雨上了路。临行前母亲蒸了一大锅馒头,让父亲带上。父亲就带了几个,然后信心满满地说:"等我回来,咱们天天吃面包。"

从此我几乎每天都站在巷子口,张望一下父亲来时的那条路。那条泥路的尽头，是一条通往外面世界的公路。代雨和像代雨一样外出打工的男人们，就是从这条公路上消失，然后将钱寄回家的，那么父亲肯定也会从这条路上带着面包回来。那时候我会昂首挺胸地在小伙伴面前炫耀面包的滋味，还有意无意地将父亲可能送给我的新文具带在身上，让小伙伴们看到了，发出一声声让我心满意足的赞叹。

我还时不时地在小伙伴面前炫耀，炫耀父亲出去打工，很快就要回来了，去打工的山西遍地都是黄金，父亲只是随便去捡拾一些金子回来。母亲也跟我一样，掩饰不住内心的喜悦，遇到去打工的，会变相地夸父亲一句："我们家那口子也出去了，年底回来，也不知会不会累瘦了。"别人听了，就笑嘻嘻地让母亲的虚荣心膨胀一下："哪会瘦了呢，都说山西挖煤的有钱得很，在外面吃得好喝得好，肯定变胖了吧。"母亲听了心里喜滋滋的，轻飘飘地回家做饭去了。

父亲在我和母亲这样朝人夸耀了半年之后，终于回来了。他回来的那天，毫无征兆，我和母亲吃完了晚饭，乘凉到星星稀了，便要关了灯打算睡觉。刚刚插上门，灯还没有来得及熄呢，就听见有人在敲铁门。那声音有些不太自信，很低，但非常持久，一下一下地，敲得让人有些心慌。母亲一下子从床上站起来，朝窗外看了看，当然什么也看不见。我给母亲壮胆，说："娘，我拿手电筒，跟你一块儿去。"我没敢说去看贼，尽管我心里其实怕得要死。母亲大概也怕吧，否则不会点点头，示意我跟在后面。

离门口还有几米远的时候，母亲用明显发颤的声音壮胆问道："谁？"门外的人停了片刻才小声回复道："我。"母亲有些犹豫是不是父亲，但还是走过去，从门缝里看了一眼外面的人。母亲打开门，看到父亲站在面前，还是不太能确定那个蓬头垢面、胡子拉碴的男人就是父亲，是我喊了一声"爹"之后，母亲才忽然哭了出来："你怎么混成这样了？"父亲没吭声，将门锁上，提着去的时候背的那个黑色的破书包，灰溜溜地进了屋。

母亲给父亲打来一盆水，让他洗漱。父亲好一番收拾，刷牙洗脸刮胡子，又将脏衣服给脱了，找出干净衣服换上后，才不耐烦地对一旁唠唠叨叨的母亲丢一句："睡吧，我累了，明天再说。"

我和母亲一心一意期待的见面，当然不是这样的。在我们的想象中，父亲是荣归故里，而不是像现在这样破衣烂衫地走进家门。他还会用尼龙袋装满我叫不出名来的水果，给我买一堆漂亮的玩具，母亲的衣柜里，也会多出几件时髦的衣服来，让她在村子里走上一圈，收获一箩筐女人的啧啧赞叹声。而且父亲一定是在白天所有人都出门的时候，气宇轩昂地走进村子里的，而不是像见不得人的小偷一样，选择在夜晚溜进家门。

这些疑问，如今不用再问，也能从父亲落魄的容颜里窥出，这一次出门打工，父亲被人骗了。果然，第二天，父亲心情好一些了，才愧疚地将进了黑煤窑的事情讲给了我们。想着父亲差一点就丢了性命，再也无法回来，我和母亲心一软，也就原谅了他。但对夸耀山西煤矿的代雨，母亲还是狠狠地骂了一通，尤其在他登门看望父亲的时候，母亲差一点将他关在门外。

很久之后，父亲回忆年轻时峥嵘岁月的时候，我才从他口中听到关于山西的只言片语。父亲那时已经可以平淡地讲述这段经历，提及在煤窑里生活的艰辛：他推车俯冲而下的时候，差点一头栽进深不见底的煤窑里，再也爬不上来。讲述时，父亲的脸上看不出太多的难过。他甚至还轻描淡写地告诉我们，他和代雨逃票下车后，想去镇上澡堂里洗个澡，但捏一捏口袋里薄薄的一张纸币，还是忍住了。在临近村子的时候，父亲用那张纸币买了一斤橘子，放在了破旧的书包里。我没有告诉父亲那橘子的味道，我其实一直念念不忘——酸的，涩的，让人忍不住皱眉的，但我却努力地吃了两个橘子，并咧开嘴巴，告诉父亲"橘子真甜"。

父亲再想起打工这一档子事来，已经五十多岁了。只不过，这一次打工是在县城，而不是遥远的山西。那时村子里早已有了萧条破败之气，很少有人再靠种地为生，大家都像候鸟一样，种完地便离开了村子，去北京、上海或者广东。有的为了儿子能有个媳妇，跑去城郊买一套小产权房，而后骑着三轮车到城里去做生意。更有人直接将地给了别人，全家都搬迁至县城。父母始终舍不得将七亩地扔掉，也就开始了在县城租房子打工的两地奔波的生活。

父亲做的第一份工作，是在园林所里打扫卫生，工作看似清闲，却没有多少时间可以回家劳作。后来无意中他帮园林所疏通了一次下水道后，便走上了专门帮人疏通下水道、更换马桶的路。这条路不需要老板，不需要多少技术，只要有体力、有耐心、有吃百家饭的勇气，能够将写着手机号码的小广告贴遍大街小巷，让人能够一眼便可以窥到，而且城管还无法将号码给刮下来，那么就能够在县城里时不时地有活可干。当然，有时很忙，东奔西走，一天能将县城绕好几圈；有时，却一整天两个手机都静悄悄的，枯坐着让人等得心烦。母亲是急性子，在家里看着父亲无所事事，常常会着急，做饭也做得没有心思，一不小心，就将饭烧煳了，或者心不在焉地放了两次盐在菜里，让父亲呸一下吐出来，骂一声娘。母亲也毫不示弱，这样便免不了"战争"。

那时的我，已经在读大学，可以免去听他们毫无意义的争吵。只是苦了正在县城借读初中的弟弟，在租来的狭小的房子里，他不知道是该劝阻还是保持沉默，最后看着"战争"有升级的趋势，他也就只好躲出去，沿着墙根一直走，走到一个养鱼的大水塘附近，在垃圾堆旁边坐下来，看着浑浊的水发呆。偶尔，有小混混会来诱惑弟弟加入帮派，弟弟为人老实，怕，跟他们敷衍几句，就匆匆走了。最后走来走去，发现没有朋友可找，只好在租来的破旧的房子门口坐下来，看着天空发呆。

这样的生活，在父亲的努力之下，慢慢有了改善。五年以后，父亲便凭借着自己的努力，在县城买了一套二层的小产权房，全家人自此在县城立了足。这时的父亲，打的工更杂，只要挣钱，他什么都做。他帮人修过水龙头，搬运过东西，改过下水道，安装过马桶，收购过废纸。他从来不嫌弃那些工作太脏太累。因为在城里买了楼房，便被村人嫉妒，村人嘲讽父亲"干的是挖厕所的臭活",遇到父亲还故意做出掩鼻而过的动作,但是父亲只是笑笑,什么也不说,继续在县城里打工。

吃百家饭,免不了要和形形色色的陌生人打交道。我想父亲这一生结识的人,大概比走南闯北的我结识的还要多。他遇到过小气的中学老师,好心的退休老太太,吝啬的饭店老板,善良的小姑娘,也遇到过欠工钱不给还狗一样冲他咆哮的包工头。父亲很少跟我提及这些或许让他感觉屈辱的经历,他只是回到家,将安装完马桶的手洗得干干净净,便一脸倦容地吃饭,或者休息。

只是有一年,弟弟着急中打电话向我求助,我才知道父亲在县城打工原是这样不易。一个做工程的无赖,欠了父亲疏通下水道的三千多块工钱不给,父亲在一年后上门讨要,那无赖矢口否认,还找来两个小混混,当场给父亲一记耳光。母亲闻讯后跑过来,本想着帮父亲讲理,却让那小混混拿起棍棒照头劈来,母亲一下子被打晕在地。父亲很快报了案,但公安局也找不到那个连父亲都不知道名字的无赖。无助之下,弟弟找我,我震惊又心疼,找了一个有亲戚在公安局的同学,帮忙催促办理此案。当我告诉父亲,事情会很快解决时,他却装出无所谓的样子,说:"没事,别操心了,你忙你的。"我差一点哭出来,想要指责父亲为何一定要找无赖要钱,而且这样的活原本可以不做,可是想想父亲那时一定不想让任何人看到他的尴尬与难堪,也就忍住了眼泪,和他一样,假装事情并不重要,安慰几句,就匆匆挂了电话。

最终,父亲熬不起打官司的费用和精力,只能同意让弟弟花三千块钱,雇来县城一个专门负责帮人讨债的人,去无赖那里讨来一万块钱医药费,私了了此事。这些都是后来弟弟告诉我的,父亲对我只字未提,我也从来不去问父亲与这件事情有关的更多细节。我们心照不宣地选择了回避,好像那是一块伤疤,只要提起,就会有重新揭开伤疤撒上一层盐的疼痛。

我想,在天南海北打工的人们,他们或许也有和父亲一样疼痛而屈辱的经历，只是，他们也和父亲一样选择了沉默，只将那光鲜的一面展示给人。就像那一年父亲从山西逃回家里，选择了在镇上躲过白天，趁着夜色才悄悄溜回村子里一样。

(摘自《读者》2015年第2期，有删节)

## 夜深花睡

三毛

我爱一切的花朵。在任何一个千红万紫的花摊上，各色花朵的壮丽交杂，成了都市中最美的点缀。

其实我并不爱花圃，爱的是旷野上随着季节变化而生息的野花和那微风吹过大地时的感动。

生活在都市里的人，迫不得已在花市中捧些花回家。对于离开泥土的鲜花，总是对它们产生一种疼惜又抱歉的心理，可还是要买的。这种对花的抱歉和喜悦，总也不能过分去分析。

在所有的花朵中，如果要说"最爱"，我选择一切白色的花。而白色的花中，我最爱野姜花和百合——长梗的。

许多年前，我尚在大西洋的小岛上过日子。那时，经济拮据，丈夫失业快一年了。我在家中种菜，屋子里插的是一人高的枯枝和芒草，那种东西，艺术品位高，并不差的。我不买花。

有一日，丈夫和我打开邮箱，又是一封求职被拒的回信。那一阵，其实并没有山穷水尽，粗茶淡饭的日子过得没有悲伤，可是一切维持生命之外的物质享受，已不敢奢求。那是一种恐惧，眼看存款一日日减少，心里怕得失去了安全感。这种情况只有经历过失业的人才能明白。

我们眼看求职再一次受挫，没有说什么，去了大菜场，买了些最便宜的冷冻排骨和矿泉水，就出来了。

不知怎么一疏忽，丈夫不见了，我站在大街上等，心事重重的。一会儿，丈夫回来了，手里捧着一小束百合花，兴冲冲地递给我，说："百合上市了。"

那一瞬间，我突然失了理智，向丈夫大叫起来："什么时候了？什么经济能力？你有没有分寸，还去买花?!"说着我把那束花"啪"一下丢到地上，转身就跑。在举步的一刹那，其实我已经后悔了。我回头，看见丈夫呆了一两秒钟，然后弯下身，把那些撒在地上的花，慢慢拾了起来。

我向他奔过去，喊着："荷西，对不起。"我扑上去抱他，他用手围着我的背，紧了一紧，我们对视，我发觉丈夫的眼眶红了。

回到家里，把那孤零零的三五朵百合花放在水瓶里，我好像看见了丈夫的苦心。他何尝不想买上一大缸百合，可口袋里的钱不敢挥霍。毕竟，就算是一小束，也是他的爱情。

那一次，是我的浮浅和急躁伤害了他。之后我们再没有提过这件事。四年以后，我去给丈夫上坟，进了花店，我跟卖花的姑娘说："这五桶满满的花，我全买下，不要担心价钱。"

坐在满布鲜花的坟上，我盯住那一大片花色和黄土，眼睛干干的。

以后，凡是百合花上市的季节，我总是站在花摊前发呆。

一个清晨，我去了花市，买下了数百朵百合，在那间房中摆满了它们。在那清幽的夜晚，我打开家里所有的窗和门，坐在黑暗中，静静地让微风吹动那百合的气息。

那是丈夫逝去七年之后。又是百合花开的季节了,看见它们,我就仿佛看见了当年丈夫弯腰从地上拾花的景象。没有泪,而我的胃,开始抽痛起来。

(摘自《读者》2014年第11期)

## 一扇关不上的窗

修 瑞

母亲是在父亲过世五年后的一个大雪初霁的傍晚离开的。

那天之后,便是新的一年了。我跟哥哥住进祖父母家里,开始了和祖父母长达十八年的共同生活。那年我六岁,哥哥九岁。

那一年,和我们一起住进祖父母家的,还有一窝燕子。

开春以后,北方的天气逐渐转暖。冰雪融尽后,阳光懒懒地斜印在窗上,别有一番怡人的情趣。祖母将糊在窗子上的塑料布揭了下来,开了窗,让春风把蓝天、白云和夹杂着山区质朴的泥土的腥味刮进屋里。

一天下午,我跟着祖母去村子西边的田野里挖野菜。回家的时候,一路上见到好些燕子在天空中撒欢儿。我问祖母,为什么那些燕子看起来那样高兴,一直在不停地说话和跳舞。祖母说它们刚从南方飞回来,它们的家就在这里,回到家,当然就高兴了。我大约记得,祖母说完那句话之后,我内心隐约浮起了一丝难过。我说我也想回家。祖母似乎意识到什么,摸着我的头，指着我家的方向说那里是我的家，然后又指着她家的方向说那里也是我的家。听了祖母的话，我果然就高兴起来，因为我有两个家，比别人多一个。

回到家以后，我匆匆洗过手，便跑进屋子里摆弄我的积木。没多久，我隐约感觉到有东西飞进屋子里，随后又有东西跟进了屋子，并且在屋子里盘旋了好一会儿。我仰头看向屋顶，发现是一对燕子围着屋顶垂下的灯泡上端的灯座，不停地扇动着翅膀。一只燕子嘴里衔着一截稻草，另一只紧闭着嘴，嘴角挂着干了的泥。等它们一前一后飞出屋子以后，我才发现那两只燕子只用了一个下午的时间，就在电灯的灯座上，用田泥和稻草做了一个窝。

祖母见我在屋子里许久都一声不响，便进屋看我在做什么。我指着灯座上的那个燕窝，带着惊喜的口气跟祖母说，我发现了一个燕窝，刚刚做好的。

从那一晚开始直到燕子再度飞往南方，家里的那扇窗就一直开着。

那年夏天的蚊虫尤其讨厌，数量格外多。那个时候的农村，根本没有什么蚊香，防蚊的唯一办法，就是在窗框上钉一层纱。然而祖母为了让那对燕子能够随时自由地出入，便没有将那扇窗钉上纱。于是，白天除燕子能自由出入屋子之外，还有成群结队的苍蝇也肆无忌惮地出入。到了夜晚，尤其是屋里亮起灯光之后，燕子还没有回来，飞蛾和各种趋光的飞虫便摇摇晃晃、不紧不慢地进了屋，满屋子乱飞。最可恶的还是蚊子，半夜里我常常被蚊子叮醒。

我曾与祖母商量，能否将那扇窗子关上，或者给那扇窗钉一层纱，哪怕一晚也行。祖母一边用肥皂水给我擦洗被蚊子叮咬的红包，一边语重心长地说，如果关上了窗子，或者钉了窗纱，燕子晚上就回不了家了。

祖母既然这样说了，想想自己的身世，我便也不忍心让燕子一家不能团聚。好在听祖母说，等入了秋，燕子一家飞去南方，就可以关上窗子了。我翻看着日历牌，计算着燕子还要多久才能飞走。

一天早上，我在燕窝正下方的地面上，发现一只破了洞的空蛋壳和一小摊跟往常不大一样的燕子的粪便。我知道，燕窝里已经孵出新燕了。

我搬来一把椅子和三个板凳，放在燕窝下方。趁祖母去乡里赶集的时候，我偷偷爬上搭建好的"凳塔"，将燕窝里的情形看了个清楚。

四只雏燕张着乳黄色的嘴巴，一边叫嚷着，一边紧紧挤在一起。它们身上的羽毛不多，可以清楚地看到它们稚嫩的皮肤。我想，那些雏燕一定很冷，它们的毛那么少，它们一直在发抖，万一感冒了怎么办？我从"凳塔"上下来，找了一小块棉布，然后又爬了上去。

我给雏燕盖"被子"的时候，祖母回来了，看到站在凳子上的我。她高高举起双手，将我从凳子上抱下来。她没有责备我。

多年后，我和祖母回忆起这件事，她说我那时的举动不叫傻，而是天真。一个孩子出自本意的举动，不应该被取笑。

那一年，我见识了一对燕子父母养育孩子的艰辛。它们每天起早贪黑地外出捕捉昆虫，再将昆虫喂给始终仰着脖子嗷嗷待哺的雏燕。

那年盛夏的一天，那只公燕没有回来。之后的几天，我都没有再见到那只公燕，只有母燕飞进飞出地给雏燕们找食物。我想，那只公燕大约再也回不来了，它或许是被鹞鹰捉了去。这让母燕的处境更加艰难。我常能听见日渐长大、胃口也越来越大的雏燕们因为饥饿而拼命叫喊的声音。

我为失去公燕的燕子一家感到担忧。祖母看出了我的担忧。她将我手里拿着的准备喂给雏燕的米饭夺了下来，放上一些跟稻米粒的形状、大小差不多的蚂蚁卵。

母燕外出觅食的时候，祖母就帮我搬来凳子，逐一搭放好。我爬上"凳塔"，偷偷将藏在指缝间的米粒喂给雏燕，它们会毫不犹豫地将米吐出来；喂它们蚂蚁卵，它们却连咀嚼都省了，直接吞咽下肚。

母燕飞回来的时候，雏燕们已经吃饱了，没有哪一只还张着嘴向它们的母亲争要食物。我躲在一旁，感到无比自豪。

之后，每天我也像母燕一样，出去为雏燕寻找食物。我翻开许多石头，掰开许多枯木，一颗一颗地从掘开的蚂蚁窝里捡拾着蚂蚁卵，积攒了小半罐头瓶。母燕外出后，我就爬上"凳塔"给雏燕喂食。

日子一天一天过去，雏燕们嘴角的乳黄色渐渐淡了。一个清晨，母燕外出的时候，四只雏燕也跟了出去。它们笨拙地扇动着翅膀，飞飞停停。有一只雏燕不小心撞到玻璃，摔在了窗台上。它爬起来，抖了抖翅膀，又飞了起来。

又过了几周，有一天晚上，母燕和它的四个孩子没有回窝。我站在开着的窗口焦急地等着，等到屋里的灯亮起，等到屋外已经漆黑一片。祖母走到我身边，轻声说了句，把窗子关上吧。我突然意识到，它们或许已经在飞往南方的路上了。

终于可以关窗了。我呆呆地站在窗口，心里酸酸的。祖母站在我身边，轻轻地抚摸着我的头。

窗子终于关上了，我心里却敞开了一扇窗，一直敞至今日。窗子里面是祖母慈祥的微笑和家的温暖，窗子外面是灿烂的阳光和我对家深深的眷恋。

（摘自《读者》2018年第16期）

## 高跟鞋与社会竞争
李少威

第二届中国国际进口博览会上，出现了一款"专为运动设计的高跟鞋"，在微博上引起热议。设计上无非两点，一是加强脚与鞋之间的贴合度，二是增大鞋跟与地面的接触面积。

人们的议论话题，主要是"穿着高跟鞋为什么还要运动？"人们似乎认为，高跟鞋本身就是反运动的，它既不舒服，也不平衡，女性穿高跟鞋的目的，正在于施加一种外在的束缚，强制让她们静如处子。

静如处子的好处是显得端庄、优雅，甚至有点弱柳扶风的病态之美，这符合所谓有教养阶层的男士们对女性美的需求与想象。不过，一开始中国人对女性仪态的外部限制是从头部而不是足部开始的。古代中国，上层女性头上点缀着许多金属配饰，如果动作幅度过大就会叮当作响、"花枝乱颤"，会被认为不庄重。后来才转到足部。中国真正意义上的高跟鞋应该是清朝的"花盆底"，高高的鞋跟安放在鞋底正中，穿着这样的鞋就像踩高跷，不但走路时要小心摔倒，就连坐下也要缩着脚，否则那鞋便无处安放。

然而我们不能说高跟鞋是专为禁锢和虐待女性而诞生的，至少在西方不是。西方的高跟鞋来自15世纪东方的波斯，战士们骑马打仗，要紧紧踩着马镫固定下盘，波斯人就发明了能把脚卡在马镫上的战靴，让战士能把注意力和力量都解放出来交给上半身，有利于张弓射箭、挥刀搏杀。后来美国的西部牛仔也穿高跟鞋，同样是出于战斗的需要。所以，高跟鞋最早属于男性，而且还是为了动作的解放，和今天的情形完全相反。

15世纪，高跟鞋通过使节往来传到了欧洲。那时的欧洲城市肮脏不堪，街道上处处污泥浊水，男性贵族们看中了高跟鞋能在更大程度上避免弄脏鞋子，一时追求高跟鞋成风。而它的风尚扩及女性，则是从意大利妓女开始的。当时妓女的实际地位并不低，许多正常女性不能做的事情她们都可以做——她们与男人相通，被视为与男人有相同志趣的人，除了可以阅读，还可以吸烟、饮酒。

接下来几个世纪，高跟鞋仍然是男性的象征，特别是17—18世纪，法国波旁王朝的"太阳王"路易十四因为个子太矮而钟爱高跟鞋，让高跟鞋的雄性荷尔蒙特征达到极致。同时，女性穿高跟鞋也日渐成为上层潮流。属于男性的高跟鞋被女性借用，这里面或许已经包含女性争取平等权利的隐喻。

很快法国大革命就来了，动荡时代，谁跑得快谁就活得长，高跟鞋几乎销声匿迹。直到20世纪初，高跟鞋才在世界范围卷土重来，而这时它的主人，几乎已经完全是女性了，中国女性也正是从20世纪二三十年代开始广泛接受西式高跟鞋的。

20世纪是革命的世纪，一个直接结果就是女性地位的提高。高跟鞋的审美意义还在于，它让女性挺拔，把身体特征充分呈现出来，但更重要的是，"文明时代"的高跟鞋已经成为女性参与社会的象征，越有个人事业和社会地位的女性，越需要高跟鞋，它成了职场标配。女性穿着高跟鞋，曲线优美，配上职场套装，更是风姿绰约，这时她们已经不是被限制而是被解放的女性。男性们从中看到的更多不是容貌,而是气场。尽管这种气场还是一样要避免"花枝乱颤"的,但这时候的礼仪,已经不取决于男性单向的审美偏好,而是在两性平等情境下达成一致的严肃与庄重。

越来越多的女性穿着高跟鞋行色匆匆,乃至快步飞奔,如秘书、经纪人、女记者、剧组和活动现场的女性工作人员……她们的脚舒不舒服不再受男性限定,而是被社会竞争所限定。

时过境迁,高跟鞋被发明时的原初意义又回来了——竞争,只是比战争少了一点硝烟味,而且主角从男性变为女性。所以,当我们看到进口博览会上"专为运动设计的高跟鞋",不必大惊小怪,真正的高跟鞋,回来了。

(摘自《读者》2020年第10期)

## 山地马

阿 来

一

日隆是四姑娘山下的一个小镇。

在小饭馆里喝酥油茶的时候,我从窗口就看见了山的顶峰,在一道站满了金黄色桦树的山脊背后,庄重地升起一个银白色的塔尖,那样洁净的光芒,那样不可思议地明亮着。我知道,那就是山的主峰了。相信此时此地,只有我一个人在注视着它。而那座雪峰也已渡过蓝空,到我胸中来了。

顷刻后,我们站在山前,看到将要驮我们上山的马,慢慢下山,铃铛声一下涨满了山谷,使这个早晨比别的早晨更加舒缓,而且明亮,我的心跳一下就加快了。

马,对于藏族人来说,可是有着酒一样效力的动物。

马，我已经有两年多没有跨上过马背了。现在，一看到它们的影子出没在金色桦树掩映的路上，潜伏在身上的全部关于这种善于驰骋的动物的感觉一下子就复活了。那种强健动物才有的腥膻味，蹄声在寂静中震荡，波浪一般起伏，和大地一起扑面而来的风，这一切就是马。

马一匹匹从山上下来。

就在这里，山谷像一只喇叭一样骤然敞开。流水声和叮咚声在山谷里回荡。一队马井然有序地行进在溪流两边的金黄草地和收割不久的麦地中间，溪水上的小桥把它们牵到石岸，到一株刺梨树下，又一座小桥把它们渡回左岸。一群野鸽子从马头前惊飞起来，就在很低的空中让习习的山风托着，在空中停留一阵，一收翅膀，就落向马队刚刚走过的草丛里去了。

可那是一群什么样的马呀！

在我的经验里，马不是这样的。我们要牛羊产仔产奶，形象问题可以在所不计。但对马，我们是计较的：骨架、步态、毛色，甚至头脸是否方正都不会有一点马虎。如果不中意，那就宁愿没有。中了意的，那一身行头就要占去主人财富的好大一部分。而眼前是些什么样的马呀：矮小，毛色驳杂，了无生气，叫人担心它们的骨头随时会刺破皮子。

马队主人没有马骑，那一头乱发的脑袋在我膝盖那个高度起起落落。我问他刚才把马叫作什么？他说，牲口。这个回答使我高兴。在我胯下的不是马，而是牲口。马和牲口，给人的感觉是截然不同的。"马"，低沉，庄重，有尊敬的意味；"牲口"，天哪！你念念看，是多么轻描淡写，从一种可以忽略的存在上一掠而过。不过带着一点失望的心情在路上实在是件好事。这种感觉使眼前的景色看上去更有况味。如果胯下是一匹好马，会叫我只享受马，从而忽略了眼前的风景。而现在，我可以好好看风景，因为是在一头牲口的背上。

看够了一片风景，思绪又到了马的身上。马之所以是马，就是在食物方面也有自己特别的讲究。在这一点上，马和鹿一样，总是要寻找最鲜嫩的草和最洁净的水,所以它们总是在黎明时出现在牧场上。故乡一个高僧在诗中把这两者并称为"星空下洁净的动物"。我们在一块草地上下了马,吃干粮。这些牲口松了缰绳也不走开去寻找自由和水草,而是一下就把那长长的脸伸到你面前,鼻翼翕动着,呼呼地往你身上喷着热气,那样的驯顺,就是为了吃一点机器制造出来的东西:饼干、巧克力,甚至还有猪肉罐头。我的那一匹,伸出舌头来,就从我手上把一包方便面、一个夹肉面包卷到口里去了。问马队主人它们叫什么名字,他说不过是几匹牲口,要什么名字。

## 二

吃过干粮再上路,我没有再骑牲口。走在一片柏树林里,隐约的小路上是厚厚的苔藓。阳光星星点点透过树梢落在脚前,大地要在上冻前最后一次散发沃土醉人的气息,小动物们在树上来回跳跃,寻找最后的一些果实,带回窝里做过冬的食物。这时,雪峰从眼界里消失了,目前的位置正在山脚下。夕阳西下,整个山谷,整个人就落在这些青色石头的阴影里了。寒气从溪边,从石缝里,从树木的空隙间泛起,步行三四个小时,人也很累了。听到那些牲口脖子上的铜铃在前面的林中回荡,这时,不管是牲口还是马,都想坐在它的背上了。紧赶慢赶半个小时,我才坐在了牲口背上。

晚饭的时候,我的那头牲口得到了比别的牲口多一倍的赏赐。我甚至想给它喝一口酒。在云杉的衣冠下拉上睡袋拉链时,牲口们已经不在了。什么也来不及想,就酣然入睡。半夜里醒来,先是看见星星,然后是流到高崖上突然断裂的一道冰川,那齐齐的断口在那里闪着幽幽的寒光。月光照在地上,那些马一匹匹站在月光下。因为我是躺着的,所以,它们的身躯在我眼里显得很高大。月光不论多么明亮,都是一种夜晚的光芒。它恰好掩去了眼前物体上容易叫人挑剔的细节,只剩下一个粗略的轮廓。牲口重新成了法国人布封在书中赞誉过的,符合我们的经验与期望的马了。布封说:"它们只是豪迈而狂野。"

在这样一个寒夜里，它们的行走是那么轻捷，轻轻一跃，就上了春天的融雪水冲刷出的那些堤岸，而林子里任何一点细小的响动，都会立即叫它们的耳朵和尾巴陡然一下竖立起来。它们蹚过溪水，水下的沙子就泛起来，沙沙响着，流出好长一段，才又重新沉入水底。我的那匹马向着我走了过来。它的鼻子喷着热气，咻咻地在睡袋外面寻找。我把手从被子里拿出来，说，可是我没有盐巴。它没有吃到盐也并没有走开。它仍然咻咻地把温暖的鼻息喷在我的手上。它内在的禀性仍然是一匹马：渴望和自己的驭手建立情感。它舔我的左手，又去舔右手。我空着的那只手并没有缩回被子里，抚摸着它那张长脸上的额头中央。这样的抚摸会使一匹好马懂得，它的骑手不是冷漠的家伙。我们的谚语说，人是伙伴而不是君王。

看来，这次登山将要扩展我关于马的概念。过去我所知的马是黄河上游草原上的河曲名马。那些马总是引起我歌唱的欲望。今天，一匹山地马和它的一群同伴也引起了我的这种欲望。

第二天骑涉过一个海子，同行的朋友把这个过程完整地拍了下来。休息的时候，我从监视器里看那个长长的镜头。一到电视画面里，那马在外形上就成为一匹真正的马了。我看见它驮着我涉入湖水，越来越深，最后在水中浮起来，慢慢地到了对岸。然后扬起前蹄，身子一纵，上了半人高的湖岸。录像带上没有伴音，但我还是禁不住身子颤动一下，听到了蹄子叩在岩石上的声音。我看见自己用缰绳抽了它一下，于是，它就驮着我在弯曲的湖岸上飞跑起来。它从一段枯木上跃过时，是那么轻捷；而当其急速转弯避开前面一块突兀的岩石时，又是那么灵敏。于是，我在它的背上所有的感觉都复活了。这匹马这样懂得来自骑手的暗示：轻轻一提缰绳，它就从一丛小叶杜鹃或一团伏地柏上飞跃而过；两腿在肋上轻轻一压，它就甩开四蹄，跑到这个下午的深处去了。

## 三

一场大雪下来，不要说再继续上山，就是下山的路也完全看不见了。

顶着刺眼的阳光，我们给马备上鞍子，再在鞍子上捆好我们带来的东西。这一来，它们又不像是马，而像是牲口了。它们短小的四肢都深深地没入雪里，它们窄窄的胸膛推开积雪，开出了一条道路。就是这样，我们的双脚还是深深地没入积雪。不到半天工夫，我那专门为了这次上山而买的运动鞋就报废了，所以不得不爬到马背上。倒是马队的主人说，没什么，牲口就是叫人骑的。我说，这么深的雪，它怕是不行吧。主人说，它们又不是金贵的马，那些马在这样的大雪里，不是跌残就是摔死了；而这些牲口，命贱，像是使不坏的东西。我说，其实就是另一种马嘛。他说，是，山地马。

这些马，在这样的路上走得多么快啊，雪越来越薄，最后雪没有了，道路又变成了深深的泥泞。这时已经到了我们上山第一天过夜的地方。上山两天的路程，下山只半天就到了。马队的主人要在这里跟我们分手。这时，我才知道自己多么想要这些马再送一程，直到山下。主人说，马跟我们下山，到了山下只要卸下鞍具寄放在镇子上，牲口们会自己回家的。到这个时候，他才露出一点感情说，牲口们累了大半年，该过一个安闲的冬天了。问他的名字，他指指一座小寺庙旁边一群低矮的石头房里的一座，说："你们多半不会再来了，来的话，到我房子里来坐，喝茶。"然后，他扬起手，对着他的牲口叫一声"走"。这些矮小、坚忍的山地马，又摇响了脖子上的铃铛，驮着我们上路了。

风吹着它们的脖子，铜铃声在黄昏中回荡。寒气四起，我抬起头，看到晚霞又一次燃红了雪山之巅。

（摘自《读者》2020年第4期）

# 泉
贾平凹

我老家的门前，有棵老槐树，在一个风雨大作的夜里，被雷电击折了。家里来信说，它死得很惨，是拦腰断的，裂成四块，什么也不能做，只有将它锯下来，劈成木柴烧罢了。我听了，很是伤感。

后来我回乡去，就不能不去看它了。

这棵老槐，打我记事起，就在门前站着，似乎没见长，一直是那么粗，那么高。我们小孩子日日夜夜恋着它，在那里荡秋千，抓石子，踢毽子，快活得很。与我们同乐的便是那些鸟儿了，一到天黑，漫天的黑点，陡然间全落了进去，奇妙地不见了。我们觉得十分有趣，猜想那一定是鸟儿的家，它们惊惧夜的黑暗，想得到家的庇护，享受家的温暖。或者，它竟是一块立在天地之间的磁石，无所不包地将空中的生灵都吸去了，留给黑暗的，只是那个漠漠的天的空白。冬天，世上什么都光秃秃的，老槐也变得赤裸，鸟儿却来报答它，落得满枝满梢。立时，一只鸟儿，是一片树叶；一片树叶，是一个鸣叫的音符。寂寞的冬天，老槐就是竖起的一首歌。于是，它们飞来了，我们就听着这冬天的歌，欢喜地跑出屋来，在严寒里大呼小叫；它们飞走了，我们就捡着抖落在树下的几片羽毛，幻想着也要变成一只鸟儿，住在树上，或飞到天空，看那七斗星座，究竟是谁夜夜把勺儿放在那里，又要舀些什么呢？

如今我回来了，离开老槐十多年的游子回来了。我一站在村口，就急切切地看那老槐，它果然不见了。进了院门，家人很吃惊，又都脸色灰黑，我立即看见那老槐了，被劈成碎片，乱七八糟地散堆在那里，白花花的，刺眼，我的心不禁抽搐起来。我大声责问家人，说它那么高的身架，那么大的气魄，怎么骤然之间，就在这天地间消失了呢？如今，我的童年过去了，以老槐慰藉的回忆也不能再留了，留给我的，就是那一个刺眼的、让人痛心的树桩吗？我再也硬不起心肠看这一场沧桑的残酷，眼里蕴藏的对老槐的一腔柔情，全然化作泪水流下来。

夜里，我无论如何都睡不着，走了出来，又不知要走到何处，就呆呆地坐在树桩上。树桩筐筛般大，磨盘一样圆，在月下泛着白光，可怜它没有被刨了根去。那桩四边的皮层里，又抽出了一圈儿细细的、小小的嫩枝，奋力地长上来，高的已盈尺，矮的也有半寸了。我想起当年的夏夜，槐荫铺满院落，孩子们手拉手围着树转的情景，不觉又泪流满面。世界是这般残忍，竟不放过这么一棵老槐，是它长得太高了、目标要向着天上，还是它长得太大，挡住了风雨的肆虐？

小儿从屋里出来，摇摇摆摆的，终伏在我的身上，看着我的眼，说："爸爸，树没有了。"

"没有了。"

"爸爸也想槐树吗？"

我突然感受到孩子的可怜了。我同情老槐，是它给过我幸福，给过我快乐；我的小儿更是悲伤了，他出生后一直留在老家，在这棵槐树下长大，可他的幸福、快乐并没有尽然就霎时消失。我再不忍心看他，催他去睡，他却说他喜欢每天坐在这里，已经成习惯了。

"爸爸，"小儿突然说，"我好像又听到那树叶在响，是水一样的声音呢。"

唉，这孩子，为什么偏偏要这样说呢？水一样的声音，我是听过的，可是如今，水在哪儿呢？古人说，"抽刀断水水更流"，可这因叶动而响的"水"，怎么就被雷电斩断了呢？难道天上可以有银河，地上可以有长江，却容不得这天地之间绿的"水流"吗？

"爸爸，水还在呢！"小儿又惊呼起来，"你瞧，这树桩不是一眼泉吗？"

我转过身来，向那树桩看去。眼前的景色使我惊异不已：啊，真是一眼泉呢！那白白的木质，分明是月光下的水影，一圈儿一圈儿的年轮，不正是泉水泛起的涟漪吗？我的小儿，多么可爱的小儿，他竟发现了泉。

"泉！生命的泉！"我激动起来，紧紧抱住了我的小儿。想这大千世界，竟有这么多出奇不意，原来一棵树便是一条竖起的河，雷电可以击折河身，却毁不了它的泉眼，它日日夜夜生动，永不枯竭，那纵横蔓延在地下的每一根枝条，便是一道道水源了！

我有些不能自已了。月光下，一眼一眼看着那树桩皮里抽上来的嫩枝，是那么的精神，一片片的小叶绽开来，绿得鲜鲜的、深深的。这绿的结晶，生命的精灵，莫非就是从泉里溅起的一道道水柱？那锯齿一般的叶峰上的露珠，莫非是水溅起时的泡沫？哦，一个泡沫里有一个小小的月亮，灿灿的，在夜里摇曳生辉。

小儿见我高兴，也快活起来，从怀里掏出一撮往日捡的羽毛，万般逗弄，问我："爸爸，这嫩枝儿能长大吗？"

"能。"我肯定地说。

"鸟儿还会来吗？"

"会的。"

"那还会有雷电击吗？"

小儿突然说出的这句话，使我惶恐了，怎样回答他呢？说不会有了，可在这茫茫世界里，我仅仅是一个小小的分子，我能说出那话，欺骗孩子，欺骗自己吗？

"或许还会吧，"我看着小儿的眼睛，鼓足了劲儿说，"但是，泉水不会枯竭，它永远会从树中长上来，因为这泉水是活的！"

说完，我们就再没有言语，静静地坐在树桩的泉边，在袅袅的风里，在万籁沉沉的夜里，尽力抚平心绪，屏住呼吸，谛听那从地下涌上来的，在泉里翻涌的，在空中溅起的生命的水声。

（摘自《读者》2020年第21期）

# 购物时你不知道的那些事

张小落

购物，是我们每个人几乎每天都要做的事情，那么你是否知道，在购物中，有很多微小的细节可以影响我们的决定呢？

### 高跟鞋帮你把握购物的"度"

家里已经用了 20 年的电视终于坏了，你决定到附近的超市买一台新电视。一到超市，你就被各式各样的电视晃得眼花缭乱，不说别的，光是显示屏的大小，就有诸多选择，当然价格也是随着屏幕增大而提升的。

到底要买哪台电视呢？别着急，在做决定前你最好先做以下 3 项准备：阅读评价、比较价格，还有最重要的一点——穿上高跟鞋。当然，如果你是一位男士，你可以选择多坐几次升降电梯、玩会儿锻炼平衡感的游戏，或是将购物安排在瑜伽课之后，这样做会起到和穿高跟鞋一样的效果，即帮你在权衡选项时，选择最适合的一个。

这中间有什么道理呢？美国杨百翰大学的科学家最近在一项研究中发现，生理感觉与人们进行的决策有着密切的联系，当我们的身体在"找平衡"时，会促使我们的思想也一起"找平衡"，从而帮我们把握购物的度，做出平衡的购物选择。就拿买电视的例子来说，穿高跟鞋的顾客与其他顾客相比，更倾向于选择适中尺寸和价格的电视，这样的选择既不会太委屈自己，也不会太对不起自己的钱包。所以，在实体店购物时不妨穿上高跟鞋，或者一边做"金鸡独立"，一边决定到底要买哪样商品。而在网上购物时，翘起凳子的两条腿，让自己处在晃晃悠悠的状态，或许也是不错的方式呢！

## 有范围的选项更诱人

在购物时我们往往都会患上"范围偏爱症"。

什么叫"范围偏爱症"呢？简单来说，就是相对于那些单一的数字，我们会更喜欢有上限和下限的一组数字。比如说超市大卖场有减价活动，同一组商品，在减价30%时和减价20%~40%时，我们更倾向于选择后者。这是为什么呢？让我们先看个比较好理解的例子。

很多女孩都有减肥的经历，但是大部分人最终都以失败告终了。当我们询问失败者给自己定下减多少公斤的目标时，大部分人都会给出2.5公斤、4公斤或者5公斤这样单一的数字。但是反观那些成功者，她们给自己定下的大多是"2~4公斤"这样的可浮动的目标。

这是因为可浮动的目标有上限和下限，一般的下限都是比较容易达成的目标，而上限则是一个非常有挑战性的目标。当人们在完成很容易达成的目标后，会有很强的成就感，并在继续挑战最高目标中，一再地享受到这种成就感。因此这样既有挑战性又能不断体验到成就感的范围式目标，就比那种既不容易达成又没有什么挑战性的单一目标更容易帮助人们成功了。

同理，在购物中人们也有类似的心理。以降价20%~40%为例，人们会感觉，那些降价20%的商品一定质量比较好，或是品牌更佳，降价40%的商品则在价格上更具有吸引力，而单一地降价30%，价格上既没有太便宜，又不像是品质很好的样子，所以人们反而不愿意选择它了。因此，在购物时让自己能够"平衡"决策的方法就显得很重要喽！

**只有一个选项，我不买**

在这个物质极大丰富的社会，很多人患上了选择恐惧症。一些顾客购物时，由于可供选择的商品太多，选来选去反而不知道该选哪一样好，最后只好不了了之，干脆打道回府。因此很多商场想出了一个笨办法，那就是减少商品的种类，来帮顾客进行选择，有些商家干脆只提供一种最畅销品牌的商品，希望通过这种方法来帮助顾客尽快下购买的决心。

不过，这种方法不但未能帮助顾客，反而起到了相反的作用。经济学家做了这样一个实验，他们将希望购买照相机的志愿者分成了三组，其中第一组只能购买索尼的相机，第二组只能购买飞利浦的相机，第三组则可以在索尼和飞利浦的相机之中做出选择。结果很明显，前两组志愿者基本都没有购买的意愿，而第三组志愿者则大多表示有意愿购买其中的一款相机。

然后研究人员又将第三组志愿者分开，按照他们之前选择的偏好将他们分为两组，原本选择索尼的志愿者所在的组只可以选择索尼相机，而原本选择飞利浦的志愿者所在的组只可以选择飞利浦相机。结果原本有购买意向的志愿者也纷纷表示不愿购买了。

原来，当只有单一选项存在时，人们会想要寻找其他的选项进行比较，因为没有参照物的话，对于普通消费者来说，判定一种商品的好坏就变得非常困难了，而人类的趋利避害性则让自己不愿在这种情况不明的状态下进行选择。所以只有单独一个选项的商品，反而更会把消费者吓跑。同样，选项太多时，消费者会感到标准混乱，也不利于其进行选择。因此为消费者提供适当的可供比较的选项，才是最好的方法。

购物中还有很多有趣的细节等着我们继续发现呢！

(摘自《读者》2014年第2期)

## 好一个"苟富贵，无相忘"

吴晓波

最近碰到一件挺让人意外的事。

有一对创业伙伴，他们是大学同学兼老乡。3年前，二人共同在上海开展某商业项目，业绩不错，有将近100名员工。最近，公司还打算启动新一轮融资。

正是在这关键时刻，他们却因股权分配问题大打出手。

事情是这样的：

在公司创办的时候，注册资金100万，一位出资70万，另一位出资30万，所以股权比例就按七三来分。他们有具体的分工，一位负责产品的生产和供应链，另一位负责客户、市场和运营。

但是到了融资的时候，股权少的那位略感不公。他认为自己为公司做出的贡献更大，凭什么少了20%的股份？另一位则反驳，当年股权比例既然确定，就不能再改了。

为了这 20% 的股份，两个人拍桌子吵架，争得面红耳赤，甚至到了要分家的地步。

创业伙伴分家的事其实并不新鲜。

奇虎 360 曾有两位创始人，一位是周鸿祎，另一位是齐向东。二人曾共同经历了"3Q 大战"、赴美上市、私有化、回归 A 股等关键战役。2011 年上市时，周鸿祎和齐向东分别持股 17% 和 8.9%。但最后的结局是，齐向东领导的奇安信从奇虎 360 剥离出来，两个人正式"分家"。

"老齐以前是我的二把手，男人嘛，都有当一把手的梦想。"周鸿祎这样说道。

创业中夹杂的复杂人性，可以从中华历史的一卷丹青中窥得一二。

陈胜曾在耕地时对同伴说："苟富贵，无相忘。"如果哪一天我们发达了，千万不要忘记对方。

公元前 209 年，陈胜真的找到了那位和他共同举事的创业伙伴——吴广。二人为坛而盟，在大泽乡的暴雨中举旗反秦。

随着起义军的壮大，陈胜自封陈王，吴广被封为假王，但后来的故事鲜为人知。就在起义数月后，身为二把手的吴广被一名叫田臧的部下砍去了脑袋。

这个故事被司马迁记载到《史记》中。田臧还给出一个"莫须有"的理由："假王骄，不知兵权，不可与计，非诛之，事恐败。"

不过，太史公并未明指吴广之死是陈胜授意。他只记录了一处细节：当田臧"献其首于陈王"时，陈胜非但没有训斥或惩罚田臧，反而赐其楚令尹印，封上将军。

人性有一个弱点，就是可以共患难，却很难同富贵。在商业世界里，很多人就是陈胜和吴广。

吴广被诛杀后，起义军开始分裂。一个多月后，陈胜战败，最后竟被每天给他驱车的马夫杀死了。不知当这对曾同甘共苦的老乡在另外一个世界见面的时候，还记不记得那句"苟富贵，无相忘"？

"苟富贵，无相忘"在今天的商业世界里似乎成了无法抵达的乌托邦。

绝大多数企业在创立之初，创业伙伴的结合更多是出于共同的兴趣、价值观和愿景，他有可能是和你穿同一条裤子的发小，也有可能是你的大学室友，但结局往往是恶语相向、不欢而散，最后老死不相往来，连朋友都做不成。

听了这几个故事，有人不免会问，为什么会出现这样的情况呢？在我看来，创业伙伴分道扬镳主要是因为4个方面的落差。

第一是能力落差。企业的发展需要配置战略、管理、资本、市场、产品、技术、财务和公共事务等多方面的专业人才。在企业发展的不同阶段，人才的能力配置存在一定差异。随着企业不断发展，创始人之间的能力落差可能会逐渐显现：有的人能够通过学习不断进步，有的人就只能原地打转，最后免不了被淘汰。

所以，输入新血液势在必行。这种能力淘汰从企业进入青春期就开始了，在壮年期会达到峰顶。

第二是认知落差。一家创业企业，一般有3~5人处在核心管理层，因共同的目标和愿景相聚。随着企业的发展和外部市场的变化，出发时的目标和路径可能发生偏离或改变。此时，创始成员在经营战略上有很大概率产生严重分歧。

商业世界是以结果和数据来评估过程和起点的，所以任何没有经过验证的战略，它很少是鲜艳的，甚至在相当长的时间里都难以断定，所以站在一个十字路口，是向左走，还是向右走？都无所谓正确与错误。如果无法达成认知共识，矛盾的产生和关系的破裂就有可能发生。

第三是利益落差。初创企业的股权构成往往带有很强的偶然性和随意性，特别是按出资金额作为分配标准的架构。但在日后的经营中，往往会因能力和贡献的高低产生不对等的情况。

第四是心理落差。创业之初，大家同锅吃饭、大碗喝酒，少有等级上的差别。但随着公司的壮大，主要创始人的威权越来越重，企业也日渐形成了成熟的管理体系，当年一个战壕里的小伙伴被分成三六九等。如果某些创始成员无法管理自己的情绪和心态，就可能出现团队不和谐，甚至极其尴尬的情况。

这4种落差不可避免，它会出现在任何一个组织，无论是政治、军事还是商业组织。有些落差可以通过制度来调整，有些则难以调和，它极大地考验着创业者们的心智成熟程度。一家企业的成败，本质而言取决于组织能力的成败。

为了避免这4种情况发生，我觉得有4个原则可以供大家参考。

第一，从创业第一天起，树立主要创始人的绝对权威。第二，强化公司利益大于个人利益的集体意识。第三，创始人之间的战略和利益分歧在股东大会或者董事会层面来解决，不要在私下或者在朋友圈解决。第四，能用金钱解决的问题，尽量别用其他手段解决。

这4个原则也不是所谓的真理，仅仅是经验罢了。记得有人说过这么一句话："人生就是一列开往坟墓的列车，路途上会有很多站，很难有人可以自始至终陪着你走完，当陪你的人要下车时，即使不舍也该心存感激，然后挥手道别。"

创业本是九死一生之事，有了愿意一起筚路蓝缕的创业伙伴，其实亦是人生的一种幸运。建议所有的创业团队在一年的某一个时间，或是丹桂飘香，或是樱花烂漫，开一场感恩聚会，大家手牵手坐在一起，然后为这些年付出的韶光和激情，一起碰个杯。

人生漫漫，因缘无常，聚固不易，散更难。相聚创业，更多的是偶然和勇气；相伴作战，靠的是信任和互助；而相忘于江湖，更需要理性和宽容。

创业是这个道理，人生中很多其他事情，比如婚姻、职场，大抵也是如此。

（摘自《读者》2020年第22期）

# 华为团队管理法

陈 昱

尽管管理团队里有孙悟空、猪八戒、沙和尚、白龙马这些能力出众的员工，但是一个没有方向的团队是永远无法成事的。

## 留住人才、剔除庸才

团队管理制胜法则只有八个字："留住人才，剔除庸才。"看似简单，但遵照奉行可以为企业创造巨大的效益。

为了最大可能地吸引人才，华为公司设计了任职资格双向晋升通道。新员工的晋升之路是：首先从基层业务人员做起，然后上升为骨干，这时候员工可以根据自己的喜好，选择管理人员或者技术专家作为自己未来职业发展的方向。在员工上升至高级职称之前，基层管理者和核心骨干之间，中层管理者与专家之间的工资相同，这两方面的职位还有相互转换的余地。而到了高级管理者和资深专家的职位时，管理者和专家的职位就不能再变动了，管理者的发展方向是职业经理人，而资深专家的职业方向是专业技术人员。

除任职资格双向晋升通道外，华为公司会为新进员工选派一位导师，在工作和生活上给予关心和指导。当员工成为管理骨干时，还将选派一位有经验的导师给予指导。

## 构建属于自己的唐僧团队

唐僧不会腾云驾雾，不会诸般变化，没有火眼金睛，却是西游团队的"主心骨"。企业的领导者在团队中占据着绝对重要的地位，构建最佳的团队，企业才能发挥一个集体"其利断金"的作用。

在华为公司的一场迎新大会上，一位新员工向时任华为副董事长兼轮值CEO郭平提出这样一个问题："如果未来华为会失败，将会被谁打败？"

郭平答："能够打败华为的，很可能是华为的内部问题。内部问题分为两个方面，其中一个就是方向问题。"谁才是华为团队的掌舵者？郭平很形象地以"唐僧团队"来举例。

大多数人会首先想到孙悟空，然而郭平感慨的是"唐僧"不可或缺的作用。郭平说，四十岁以前，自己每次读《西游记》都对唐僧嗤之以鼻，可是过了不惑之年，就对唐僧心生敬意。郭平认为，虽然唐僧没有法术，看似在团队中起不到什么作用，但是他作为团队的主心骨，始终把握着大方向。如果没有唐僧始终为大家指明航向，那么，孙悟空就回到花果山，猪八戒就回到高老庄，沙和尚就回流沙河了，白龙马也回鹰愁涧了。

在这个五人团队中，如果不是唐僧这个领军人物在做"一把手"，最终的结局十有八九是出现不可挽回的内讧而导致团队解散。

当然，取经成功绝不能仅靠唐僧的一己之力，需要仰赖的还是徒弟们，也就是优秀的团队成员。如果没有神通广大的徒弟们，唐僧是无法成功到达西天取得真经的。而帮助唐僧走到西天的"西游团队",最后都修成正果,这也算是西行带给团队成员最大的回报了。而构建强大的"唐僧团队"是华为公司目前正在开展的重要任务。

## "干"掉"野狗"和"小白兔"

在现代企业管理学领域,"野狗"和"小白兔"的概念已经深入人心。这两个概念最早出自美国通用电气的公开演说,受到人们广泛的认可。

"野狗",是指企业里那些业绩好、人品差,破坏公司团结的人。"小白兔"是指在公司里勤勤恳恳、任劳任怨,性格也招人喜欢,但就是没什么业绩的人。

包括任正非在内的华为公司的领导层一致认为,遇到"野狗"和"小白兔"式的员工,一定要坚决辞退,把机会留给更多德才兼备,有想法、有目标的年轻人。

相当一部分企业的高层不知道该怎样对待"野狗"式的员工,他们业绩突出,为公司做的贡献很大,但是以权谋私现象也相当严重。该如何对待他们?华为公司会把一些吃回扣金额巨大的人送进监狱。任正非说:"对待'野狗'式的员工要毫不犹豫地'杀死'。"

## 能管的人才能用

华为的福利待遇历来为大家津津乐道。大家认为,华为员工的工作时长为每周45个小时,普通公司是40个小时。其实华为的工作时间并没有这么少,他们每天保持着12小时左右的工作时长!但是华为待遇也是最好的,一个刚毕业参加工作的新员工就有可能拿到35万的年薪,而普通公司员工能拿到7万就不错了。另外,一个中层员工大概就能拿到200万的年薪。也就是说，在华为只要勤勉，工作几年在深圳买套房子还是可以的。

一个新人只要努力工作，有能力，那么一两年后就是中层员工，买豪车也不是梦想。华为会告诉你，草根逆袭就是这么简单。华为倡导的文化是傻一点，多干一点。只要你踏踏实实地工作，华为就是你的天堂。

## 找最合适的人

任正非说过："企业在发展的路途上，尤其是刚刚起步的创业时期，不要找明星团队，不要把一些成功者聚在一起，尤其是那些35岁、40岁就已经有钱了、成功了的人。"

已经成功的人在一起创业很难。创业初期要寻找那些没有成功、渴望成功的团结的团队，等到事业达到一定阶段，再请一些成功人士。

企业需要的不是最强的人，而是最适合的人。这一点类似于武侠小说，内功越深厚的武林高手，表面看上去越让人觉得无能。这是因为他们已经到达了一种可以"低调"的境界，把自己的功夫隐藏起来，不会使人惧怕。最强的人，分寸拿捏得当，才能够成为适合企业的人；那些表面看起来优秀强势的人，其实根本不懂企业真正的需要。

（摘自《读者》2019年第23期）

## 翡翠菩提
毕淑敏

在南亚某国王宫,供着一块美丽的翡翠菩提叶。它晶莹剔透,翠绿欲滴,没有丝毫杂质。最为奇特的是,在这块菩提叶中,可见到清晰的脉络,丝丝缕缕渗透叶心,与真叶毫无二致。阴天时,若把它挂在御花园的树上,任你火眼金睛,也找不到翡翠的踪影。不过别急,只要太阳一闪,你就立刻能发现它。它倾泻出的莹莹碧光,把树荫全部染绿。

翡翠菩提有一段故事。

一户贫苦山民,靠种菠萝为生。父亲对儿子莫罕说,祖上赶过马帮,到北方贩卖杂货。一次返程的时候,因为马背两边的分量不均,老祖爷就随手拣了一块石头,压在驮篓的一边。回来后,有人识货,说那石头原是一块翡翠,卖了个好价钱,祖爷才娶了祖奶,有了咱这一支人。

莫罕说,我要到北方去寻翡翠。

老父说,多少人都去找过翡翠。空手而归算好的,数不清的人死在了路上。

莫罕说，找不到翡翠，我不回来见您。

莫罕攀过无数大山，蹚过无数红水河，终于找到了一座山。山主说，山洞里可能藏有翡翠，你给我挖矿石，干得好，年底我付给你一块矿石作工钱。

莫罕说，矿石就是翡翠吗？

山主说，小伙子，那就看你的运气了。矿石被一层砂皮包着，谁也不知道里面藏的是什么，挖翡翠是要赌的。挖宝的人挤破了头，如果不干，你就滚下山吧。

莫罕留了下来。矿洞窄得像个蛇窟，工作艰辛危险。到了年底，山主说，我说话算话，你拣一块矿石吧。

莫罕挑了一块鹅蛋大小的矿石。他本想揣着矿石回家，但若万里迢迢赶回去，把矿石一打开，里面是普通的石头，老父该多失望啊！他就留了下来，一年后又得到了一块矿石。

矿石中含有翡翠的机会，也许只有万分之一。莫罕害怕无功而返，埋头干了16年。

他决定回家。矿石装进麻袋，沉甸甸的，如同金子。

山主说，你这样走远路，太不方便了吧，我帮你把矿石解开。是石头，你就扔掉；是翡翠，你就揣走。

莫罕答应了。

山主将矿石一块块解开。第一块是石头，第二块是石头，第三块还是石头……一直解了14块，满地碎石。

山主说，你手气太糟了。最后这两块矿石，算你卖给我好了。一块石头的钱，够你路上的盘缠。还有一块石头的钱，够你回家盖一间草房。

莫罕说，老爷，谢谢你的好意。但是，我只卖一块矿石。剩下的那一块，我要带回家，让我的老父看一看。

山主给了莫罕一块石头的钱，然后把莫罕退回来的那块矿石解开。随着工具的响声和砂皮的脱落，一块蓝绿如潭水的蛋型翡翠显现在大伙面前。

莫罕在众人的惊叹和惋惜声中，头也不回地上了路。集市上，他看到一条巨大的蜥蜴，被人耍着叫卖。他问，为什么不放它回竹林？

那人说，你买了，就能把它放回竹林。如果你不愿放走它，也可以用它的肉熬汤。

莫罕看到绿色的蜥蜴眼里哀怨的神色，动了恻隐之心，把仅有的盘缠掏出来，买下了巨蜥。到了竹林，他把巨蜥放生了，自己吃野果回家。没想到巨蜥不肯远离，总是伴在他身边，夜里绕他而眠，保护着他不受猛兽的袭扰。巨蜥看起来笨重，其实在丛林和山地爬行得很快，简直是草上飞。

莫罕回到家，父亲已经垂垂老矣。爸爸，我带来一块可能是翡翠的石头，和当年我们的老祖爷一样。明天，当着乡亲们的面把它解开吧。如果是翡翠，全村的人都有一份。莫罕说。

孩子，你回来了，这比什么翡翠都好啊。父亲摸着矿石说。

第二天，乡亲们预备好象脚鼓，一旦翡翠现身，就敲鼓庆贺。没想到，万事俱备，矿石却突然找不到了。于是有人说，什么矿石啊，出外鬼混了十几年，做梦吧！老父不停地解释：我看到了那块石头。可是没人信他的话。

莫罕想了很久，好像找到了答案，可是他什么也不说。

由于长年劳苦跋涉，莫罕病了。他为了弥补自己不在家时对老父的歉疚，加倍干活。他的病越来越重。有人说，把巨蜥斩了熬汤吧，大补元气。莫罕说什么也不肯。

莫罕临死前对老父说，求您一定善待巨蜥。如果它不肯走，那就等它寿终，才可把它剖开，埋在我的身边。

莫罕逝后，巨蜥不吃不喝，守候在莫罕的坟墓旁，几年以后，干瘦得如同一卷柴火，在一个夜晚悄然死去。

老父把巨蜥剖开，在它的肚腹里看到了一块硕大的翡翠。由于体液的腐蚀，矿石砂皮已完全剥落，露出了晶莹无瑕的质地。肠胃的蠕动，把翡翠切割成了菩提叶子的吉祥形状。巨蜥最后绝食绝水，干枯的内脏紧紧包裹着翡翠，镌刻下精巧的纹路，如同菩提的叶脉。

后来，国王得知了这件奇事，给了山人很多粮食和布匹，换走了莫罕老父的珍宝。

从此，寨子里的人都迁到城里了，只有一个孤独的老人，伴着一座大的坟墓和一座小的坟墓，在菠萝地里恒久地守望着。

（摘自《读者》2013 年第 17 期）

## 我看国学
### 王小波

当年读研究生时，老师对我说，你国学底子不行，我就发了一回愤，从《四书》到二程、朱子乱看了一通。

我读完了《论语》闭目细思，觉得孔子经常一本正经地说些大实话，是个挺可爱的老天真。自己那几个学生老挂在嘴上，说这个能干啥，那个能干啥，像老太太数落孙子一样，很亲切。老先生有时候也鬼头鬼脑，那就是"子见南子"那一回。出来以后就大呼小叫，一口咬定自己没"犯色"。总的来说，我喜欢他，要是生在春秋，一定上他那里念书，因为那儿有一种"匹克威克俱乐部"的气氛。至于他的见解，也就一般，没有什么特别让人佩服的地方。至于他特别强调的礼，我以为和"文化大革命"里搞的那些仪式差不多，什么早请示晚汇报，我都经历过，没什么大意思。

《孟子》我也看过了，觉得孟子甚偏执，表面上体面，其实心底有股邪火。比方说，他提到墨子、杨朱，"无君无父，是禽兽也"，如此立论，已然不是一个绅士的作为。至于他的思想，我一点都不赞成。有论家说他思维缜密，我的看法恰恰相反。他基本的方法是推己及人，有时候及不了人，就说人家是禽兽、小人；这股凶巴巴恶狠狠的劲头实在不讨人喜欢。至于说到修辞，我承认他是一把好手，别的方面就没什么。我一点都不喜欢他，如果生在春秋，见了面也不和他握手。我就这么读过了孔、孟，用我老师的话来说，就如"春风过驴耳"。我的这些感慨也只是招得老师生气，所以我是晚生。

假如有人说，我如此立论，是崇洋媚外，缺少民族感情，这是我不能承认的。但我承认自己很佩服法拉第，因为给我两个线圈一根铁棍子，让我去发现电磁感应，我是发现不出来的。牛顿、莱布尼兹，特别是爱因斯坦，你都不能不佩服，因为人家想出的东西完全在你的能力之外。这些人有一种惊世骇俗的思索能力，为孔孟所无。按照现代的标准，孔孟所言的"仁义"啦，"中庸"啦，虽然是些好话，但似乎都用不着特殊的思维能力就能想出来，琢磨得过了分，还有点肉麻。这方面有一个例子：记不清二程里哪一程，有一次盯着刚出壳的鸭雏使劲看。别人问他看什么，他说，看到毛茸茸的鸭雏，才体会到圣人所说"仁"的真意。这个想法里有让人感动的地方，不过仔细一体会，也没什么了不起的东西在内。毛茸茸的鸭子虽然好看，但再怎么看也是只鸭子。再说，圣人提出了"仁"，还得让后人看鸭子才能明白，起码是辞不达意。我虽然这样想，但不缺少民族感情。因为我虽然不佩服孔孟，但佩服古代中国的劳动人民。劳动人民发明了做豆腐，这是我想象不出来的。

我还看过朱熹的书，朱子用阴阳五行就可以格尽天下万物，虽然阴阳五行包罗万象，是民族的宝贵遗产，我还是以为多少有点失之于简单。

举例来说，朱子说，往井底下一看，就能看到一团森森的白气。他老人家解释道，阴中有阳，阳中有阴（此乃太极图之象），井底至阴之地，有一团阳气，也属正常。我相信，你往井里一看，不光能看到一团白气，还能看到一个人头，那就是你本人（我对这一点很有把握，认为不必做实验了）。不知为什么，这一点他没有提到。可能观察得不仔细，也可能是视而不见，对学者来说，这是不可原谅的。还有可能是井太深，但我不相信宋朝就没有浅一点的井。用阴阳学说来解释这个现象不大可能，也许一定要用到几何光学。虽然要求朱子一下推出整个光学体系是不应该的，那东西太过复杂，往那个方向跨一步也好。但他根本就不肯跨。假如说，朱子是哲学家、伦理学家，不能用自然科学家的标准来要求，我倒是同意的。

孔孟程朱，如果说，这就是中华文化遗产的主要部分，那我就要说，这点东西太少了，拢共就是人际关系里那么一点事，再加上后来的阴阳五行。这么多读书人研究了两千年，实在太过分。我们知道，旧时的读书人都能把四书五经背得烂熟，随便点出两个字就能知道它在书中什么地方。这种钻研精神虽然可佩，这种做法却十足是神经病。显然，会背诵爱因斯坦原着，成不了物理学家；因为真正的学问不在字句上，而在于思想。

二战期间，有一位美国将军深入敌后，不幸被敌人堵在了地窖里，敌人在头上翻箱倒柜，他的一位随行人员却咳嗽起来。将军给了随从一块口香糖让他嚼，以此来压制咳嗽。但是该随从嚼了一会儿，又伸手来要，理由是：这一块太没味道。将军说：没味道不奇怪，我给你之前已经嚼了两个钟头了！我举这个例子是要说明，四书五经再好，也不能几千年地念；正如口香糖再好吃，也不能换着人地嚼。

任何一门学问，即便内容有限而且已经不值得钻研，但你把它钻得极深极透，就可以挟之以自重，换言之，让大家都佩服你；此后假如再有一人想挟这门学问以自重，就必须钻得更深更透。此种学问被无数的人这样钻过，会成个什么样子，实在难以想象。那些钻进去的人会成个什么样子，更是难以想象。树老成精，一门学问最后可能变成一种妖怪。就说国学吧，有人说它无所不包，到今天还能拯救世界，虽然我很乐意相信，但还是将信将疑。

(摘自《读者》2013年第4期，有删节)

## 借来的粉蒸肉

七 焱

一

我永远记得 6 岁那年的除夕。

1988 年岁末，我独自在母亲的宿舍等她归来。室外天寒地冻，宿舍内因悄声燃烧的蜂窝煤而温暖了许多。

我饿了，开始不停往那口冒着蒸汽的铝锅望去，随着蒸汽一同弥漫的，是满屋的粉蒸肉香味。

我到底还是抵不住肉香的诱惑，揭开锅盖，夹了一片粉蒸肉放进嘴里，心里想着"再吃一片就好"，嘴上却不停，连吃了半碗。

我吃得正酣，母亲带着一身冷气回来了。她推门而入时，我嘴里正含着一块肥肉。母亲扫视了屋内一圈，直盯着我，走了过来。当即一顿连扇带打,我张着嘴哇哇大哭,半块肉连同涎水掉了出来。

揍过我之后,母亲端起那碗粉蒸肉甩门而出,留下我一人在她贫陋的职工宿舍里不停抽噎。

过了一段时间,母亲又端着那碗粉蒸肉回来了。她愠怒已消,面容恢复到一贯的丧气,顺手把碗放进锅里重新热了热,然后端出来,让我跟她一块吃。吃完那碗粉蒸肉,按母亲的说法,"就算是过了除夕"。

## 二

母亲用如此粗暴的方式体罚我,在那时已成习惯,而且往往毫无缘由。

成年以后,我才重新满怀酸楚地触碰这些记忆,连同多年来对母亲生活的思考,以及来自周围的零散信息,才隐约得出一些答案。

早在我尚不记事的幼年,母亲便因多疑整日与我父亲争吵。她偏执地认定,父亲在他厂里有个相好的,而父亲偏偏是一个沉默寡言的男人。在妻子数次追闹到单位之后,他直接消失得杳无踪迹。

母亲更加觉得自己的生活失败透顶了。她原先是国营塑料厂的缝纫工,婚姻遭遇变故没多久,便被调换成烧火工,只有噪音和孤独与她为伴。每况愈下的处境加之原有的性格,在她身上形成了恶性循环。

她常常无端地、趾高气扬地对车间的临时工颐指气使,或者和正式工产生摩擦,回到宿舍面对我时,经常是一触即发的殴打。

在对我施暴的同时,母亲还会从口中喷发出强烈的愤懑:"磊,磊!你就是我的拖累。"父亲给我取的"磊"字,愈发招致母亲的怨愤。

我理解母亲当时的处境。

而使我最终对母亲充满怜悯的,是每次揍完我后,她抱着我放声哭泣的声音。多年来,这样的哀啼常常在我梦中隐约传来,让我一次次惊醒。

即便是那样普天同庆的除夕之夜,在母亲和我的世界里,也愈加像一出悲剧。

## 三

20世纪90年代，市场经济的春风，也吹拂到我们这个山区小县城，母亲和我的生活也不再那么捉襟见肘了。

母亲所在的车间被私人老板承包，工人工资由计时变为计件，当时母亲的工种已经调回缝纫工，整天在缝纫机前缝蛇皮袋，一个5分钱，一天能做三四百个。为了多挣钱，母亲每天都在工厂里干得热火朝天。

私人老板另有一个竹制品厂，母亲和一些同事又挤时间揽制作麻将凉席的活儿。她先将打成小块的小竹板钻孔，再穿进塑胶管连接整齐，母亲遍布双手的伤痕和茧疤就是那时留下的。

当然，每个月领到的工资足以令母亲喜笑颜开好一阵。几乎每次，母亲拿到工资的第一件事，就是去菜市场买点肉，用草绳拴挂在自行车的车头，招摇过市地骑回家。

母亲总会麻利地将蜂窝煤炉和灶具搬到屋门口，菜籽油烧得滚烫，肉片入锅的"欻啦"声，锅铲炒动的节奏，升腾而起的油烟随之传来……我紧张而愉悦地站在一旁，看母亲弯着腰皱着眉头，全然沉浸在这场表演中。

待炒菜的气味弥漫在整个走廊上，隔壁屋子传来一句短促的"好香呀"时，我忽然间，也是第一次想到"幸福"这个词，并小心翼翼地试图去理解其中的含义。

甜脆的蒜薹炒肉，呛辣的青椒炒肉，汁浓汤香的大烩菜，软糯烫口的粉蒸肉……在那段时光的流转中轮番出锅，从屋外被端到屋里。

生活的忙碌也逐渐让母亲的心境趋于平和。

那时我已上了初中，看得出来，母亲风雨无阻地往返于塑料厂、竹制品厂和家里的疲惫身影背后，全是满足和信心。

如果问我，这些年我最希望停留哪段时光，那无疑是这个阶段。母亲让我看到了她勤劳、坚强的一面，在我性格走向成熟的时期，在我以后的人生道路上，"务实不虚"是这个时候的母亲教给我的。

## 四

虽然母亲的脾气依然暴躁，但她依旧给予我尽可能多的爱，用属于她的方式。

一个爱八卦的中年妇女，有段时间成天往我家跑，目的是说服母亲嫁给一个河北的煤矿工人。那段时间，那个妇女常常紧紧跟随在母亲身后，像个影子一样寸步不离。这令母亲，尤其是我，感到极度厌烦。

最终，母亲松了口，答应见他一面。见面地点是这个妇女的家里，妇女领着母亲，母亲领着我。

妇女不停地对母亲讲对方的好处，母亲则细细追问男方家庭子女的情况，我一言不发，心中泛着莫名的伤感，不情愿地跟在最后。

男人木讷、老实，半天才说上一句话，似乎眼见事情要成，那妇女乐开了花似的不停地说："多好的男人呀，实在，靠得住，以后肯定亏不了你们母子。"

但后来，母亲翻了脸。

午饭时，介绍人让男人出去买点酒菜，她也想趁机问问母亲的意见。母亲什么都没说，被问得紧了，就不耐烦地喊一句："急什么急，再观察观察。"

男人买了半斤肉和一些下酒菜，那妇女就拿着去厨房忙活了，不大一会儿，饭菜做好，我们几个人围在桌前。有饭菜堵嘴，男人更加没有话说，一个劲儿地往嘴里塞菜。

那桌饭上恰好有一道粉蒸肉，母亲先给我的碗里夹了两片，可是我并没有食欲，只是用筷子在碗里乱戳。对面的男人则不停地给自己碗里夹肉，不大一会儿，一碗粉蒸肉眼见着就要被他扫光。

母亲的脸色越来越难看，不等吃完，"啪"的一声将筷子拍在桌上，拉起我的手就往外走。那妇女慌了神追出来，可显然拦不住气头上的母亲。

母亲最终扔下了一句话："在我面前，谁也别想抢我儿子的肉！"

## 五

此后每年的年夜饭，我家桌上照例都有粉蒸肉，但不知什么缘由，我很少再动筷子了。

2001年，我考上省城的大学，母亲也分到了职工安置房。那年寒假回家过年，母亲特意操持了满满一大桌酒菜。

我笑着问她："两个人怎么吃得完？"

母亲高声说："剩再多我也愿意。今年你考上大学，咱家又住进新房，必须好好庆祝。"

桌上仍然有粉蒸肉，我忽然就想起了1988年的那个除夕，便开玩笑和母亲说："妈，你记不记得我小时候有次过年，我偷吃了半碗粉蒸肉，你把我打了一顿？"

母亲的视线在杯盘间来回移动，笑容却如同落潮一般逐渐退去："咋不记得……你得体谅你妈当时的处境……"

接着，母亲讲了那天我不知道的事。那时，我们的生活非常窘迫，厂里的工资常常不够娘俩的开销。眼见着到了年关，母亲还是凑不齐置办年货的钱，只好在除夕那天早上跟厂里的同事借。

母亲央求许久，一个电工终于从家里拿出一块肉来，说："只能帮这些了。"

母亲拿了肉回来，拌了红薯和米粉蒸了一碗蒸肉，算是那天晚上的年夜饭。

忙完这些，她再出门办事，迎面碰上了电工的媳妇。她辱骂我母亲，非要她把那块肉还回来。母亲和她大吵了一场，回来就端走我吃过的那碗肉要还给她。

后来，还是工友们劝住了争吵的双方，我和母亲才得以吃到那半碗粉蒸肉，度过那个除夕，迎接新年。

母亲讲完，眼泪就吧嗒吧嗒地往下掉。过了好一会儿，母亲才问我："你还记得呀？"

我赶忙说："不是，只不过刚刚想起来，随口问一句。"

母亲又问："那你后来咋不爱吃粉蒸肉了？"

我沉默了半天才说："太肥了，吃不动。"

## 六

又过了十多年，母亲早已退休，我也参加工作好几年，因为经年疲于奔命，很久都没能好好团聚。直到 2014 年，我在省城付了首付买了房，才把母亲接到新房子里过了个年。

母亲真的老了，她从前暴躁的脾气和高亢的声音早已消失得无影无踪。跟我讲话时语速缓慢，声音也谨慎轻柔起来，连看我的眼神，也常常带着一种迟钝的幸福。

那顿年夜饭由我亲自操持，我想给母亲做些新鲜的，于是除夕一早，我就去超市买了一堆海鲜，忙活了一下午做了一桌菜。母亲笑眯眯地望着精致的杯盘，看着那些大闸蟹、白灼虾、多宝鱼、花蛤和扇贝……就让我教她吃这些东西。

吃了几口，她淡淡地说："过年还是要吃肉啊。"

此时的我，已经很少吃肉了。但思绪忽然就回到 1988 年的除夕，我知道，那碗粉蒸肉飘溢的糯香味，将永远萦绕在我们母子之间。

（摘自《读者》2020 年第 19 期）

## 能做到 65 岁的工作越来越少了

马立明

### 一

最近多家互联网企业裁员事件接连刷屏，在公司工作数年的中年员工因种种原因被不体面地劝退。尽管具体事件中当事人的行为仍有可斟酌之处，但是，资本确实展示出冷酷而不近人情的一面。尤其是在当前竞争激烈的社会环境中，中年人的生存状况逐渐成为一个突出的问题。

中年人曾被认为是职场中掌握话语权的群体，但在当下的社会转型期，这个群体的脆弱程度超出想象。人到中年，从云端跌入谷底，这样的故事并不少见。更痛苦的是，再就业之路同样充满荆棘，"从头再来"困难重重。在这个日益互联网化的社会中，留给中年求职者的机会非常有限，公司更倾向于招聘更年轻、薪酬更低的员工。尤其是一些曾从事传统行业的中年人，即使有丰富的管理经验,但也很难在市场上找到相应的岗位。而一些人也已经做好准备,与职业生涯说再见了。

自人类进入现代社会、建立职业用工制度以来,"毕业后工作、60岁退休"成为一种得到公众认可的工作制度(在中国,一些男性退休年龄延后到65岁了)。一般认为,人类20~65岁的这段时间,是有劳动能力、可以自主创造财富的时期。英国社会学家吉登斯认为,职业生活被认为是人生命历程的主要意义,没有之一。而职业身份,与一个人的自我认知与社会评价紧密地结合在一起。即使是没有工作的人生前20年里,他(她)所接受的教育,都是为工作而准备的。而有些人退休后还在发挥余热,更是将工作贯彻终生。从这个角度而言,在现代社会中,工作定义了你。

然而,当我们步入全面网络化的21世纪,突然发现人类的工作模式出现了变化。以下的一些现象,持续地动摇着我们对职场价值的信仰:

1. 在全世界范围内,劳动的机会似乎在不断减少。人口爆炸是一个原因,大量受过高等教育的青年走上就业市场。另一个原因是自动化与智能化大大减少了劳动力需求。以超市为例,随着智能支付系统的普及,超市店员的人数可以减少一半以上。

2. 知识的更新迭代在加快。由于网络媒介与相关技术的快速发展,工作效率确实得到了大幅提高,这也意味着一批知识结构老化的劳动者可能会丧失就业机会。尤其是很多劳动者的知识结构没办法得到更新,造成了难以逾越的"本领恐慌"。

3. 高强度的用工模式。"996"逐渐成为常态,职业劳动者被驯化为企业战士。"要么找不到工作,要么就被压榨到极致",这形成了当下青年就业的两难境地。残酷的用工模式,导致劳动者为了适应高强度的竞争环境,逐渐牺牲个人生活。

4. 结构性的失业。在一些节奏较快的企业里,中年失业已经成为一个结构性的问题。这无关努力程度,更多的是对于大龄劳动者的一种恶意。当企业发展到一定规模,自然崇尚效率,就会淘汰落后产能。而大量劳动者由于薪金较高、精力减退、家庭分散精力,而被认为是"落后产能"(哪怕他们曾经以"996"效忠公司),从而遭遇裁员。大量工作(包括技能性工作)变成了"青春饭"。这种"中年危机",慢慢从焦虑变成现实。

  这些现象构成了我们社会的新闻图景:劳动者起早贪黑,风雨兼程,又总是身不由己,甚至事与愿违。如 2019 年夏天那首红遍全国的摇滚唱的,"不能再见的朋友,有人堕落,有人疯了,有人随着风去了"。各处飘散、枯萎,这似乎是职场江湖的写照。

  有人将失败归结于个体的不努力,但这难免有点简单化。遭遇职场困境的,不乏非常优秀的人,包括"985"的硕士、博士,还有曾经有过辉煌实战经验的"老江湖"。其中还有一些人以极端的方式抗争,并成为新闻头条,比如不久前在美国纵身一跃的曾为浙大学霸的华裔脸书员工。半生的努力,依然未能让他平稳度过中年的劫难。当此类事件具备一定普遍性之后,它已经具备了社会学意义——它指向的是,我们的社会处于一个什么样的阶段,劳动者到底该如何自我定位?

## 二

  建立于 18、19 世纪的工业体系社会逐渐走完了半场,大规模的劳动密集型生产模式已经成为过去。社会学家涂尔干曾经提出,这种工业化大生产,为社会提供了一种"有机团结",让职业劳动者按照自己的行业形成了一个统一体——比如同事、同行等,并构成当下社会的行业共识。但是,随着自动化与人工智能的深化,作为社会中最主要的职位提供者之一的工厂,能提供的就业机会已经大大减少。而且,不仅仅是工厂,不少依据"有机团结"而缔造的大型企业,也在悄悄转变经营方式,放弃产业中"重"的部分。依托互联网进行的创新产业、文化产业、服务业、金融业等行业,被认为是新经济的代表,也是后工业时代的入口。

这种后工业时代,尽管很环保、很便利、很"轻",甚至创造出一些令人震惊的财富神话,但是也隐藏着极高的风险。乌尔里希·贝克曾经预言这种工作体制的风险性,因此他在《风险社会》中提出,工业社会逐渐消亡,新的"风险社会"日益凸显。这个社会正在变得高度不确定,习以为常的传统生活方式离我们越来越远。在学术讨论中,风险尽管经常被用在健康、环保等议题之中,但不可否认,失业的风险同样是现代人最焦虑的来源之一。尤其是不确定的工作状态,以及高度激烈的人才竞争,令职场成为高风险区。即使充分的教育,也未必能减少这种职场风险。

而新经济是否能规避这种风险呢?答案似乎是否定的。虽然我们可以看到有一些网红通过网络表演实现了财富自由,但是更多的网络写手、UP主、主播依然处于不温不火的状态,财富变现极其困难,这就是一个被动的状态——劳动无法变现。这与工业时代按劳分配的计件工资,是完全不同的逻辑。很多中年人羡慕青年们在网络世界赚钱的方式,但话又说回来,这些工作统统都是"干不到40岁"的工作。哪怕是最火的网红,其持续性有多久,能火多少年,恐怕都值得追问。当这帮青年步入中年后,恐怕也将遭遇转型的痛苦。

后工业时代,事实上很难复制工业时代的大规模生产。当集体化大生产让位于原子化的小作坊,在实现了"人的解放"的同时,也意味着人进入悬空的状态。悬空状态的特征是什么?似乎人人都能轻易找到一份工作,却不知道未来在哪里。在几年前,大量的闲散劳动力进入网约车行业,成为网约车司机。但是,一旦平台出现变化,比如利益分成的改变,有可能会让很多人的命运发生改变。"网约车不是长远之计",很多师傅都曾经跟我说过。但是,什么才是长远之计呢?大量的劳动人口,慌张地面对着职业的不确定性。

人类是需要确定性的动物。看起来充满机遇,但欠缺持续性的后工业时代,事实上并未让一个人变得更舒适,相反,它进一步加深了人们的焦虑感。大量青年徘徊在新经济的入口处，尝试找到迅速变现的方法；而找到变现方式的中年人，则受困于不可持续发展的状态，遭到失业的威胁；即使是成为网红的幸运儿，也在思考过气之后如何自保。且不论尊严、面子等抽象的概念，衰败的风险一直存在，这对于个人的自我认同是摧毁性的。后工业时代对人们来说是友善的吗？

"边走边瞧"是现代人的一个普遍对策。长期规划似乎变得无用，职业理想也无从谈起，更多的工作如同流星般短暂地闪耀。大量的人采取一种"守株待兔"的方式，等待着似是而非的"风口"的到来，期待以博短线的方式获益。

## 三

英国学者居伊·斯坦丁曾经使用"不稳定无产者"（台湾地区翻译为"飘零族"）这个概念来指代那些被不稳定、不确定、债务与屈辱缠绕，逐渐失去文化、社会、政治、经济权利，陷入"弃民"状态的劳动者，并称他们将成为一个"新危险阶级"。随着经济全球化带来的两极分化，堆积于系统边缘的飘零族越来越多，这些曾经是社会"不可见"的人，在最近频繁出现的民粹浪潮中，突然出现在大众视野之中。

他们可能是失魂落魄的破产中年人，也可能是"佛""宅""废"的惧怕竞争的青年。他们不愿意（或不能）获得稳定的工作机会，一直被排除在主流职场之外。从巴黎的"黄马甲"运动到东京的"为了1500日元而战"运动，再到纽约的"地铁逃票者"运动，抗争者的脸谱往往就是处于尴尬地位的飘零族。以日本底层运动为例，他们的口号是，"不要被战争与资本杀死"。呼唤职业的尊严与生存的机会，是飘零族的内在诉求。

在后工业时代，飘零族的数量一直在增加。他们未必一定是贫困者，或者也赚到了一定的快钱，但是这种悬着飘着的状态，很可能一直深化着他们的恐惧。这种后工业时代之痛，一直在异化着当代劳动者。他们会觉得自己被主流社会所抛弃，没有处于一个持续上升的渠道中，在自认为是弃民的同时，有着浓厚的反社会情绪。

当现代性大工厂的秩序分崩离析之后，原子性的生存状态未必能令人变得更自由，反而让人遭遇不安与困顿。社会学家项飚提出"工作洞"理论时，恐怕很多人忽视了它的两面性：工作洞是一种折磨，但同时也是一种归宿、一种自我承认。人被工作所累，但也不能失去工作。工作对人而言，是一种"锚"一样的存在，它确定了人最终的走向。

飘零族之所以被斯坦丁认为是"新危险阶层"，是因为处于边缘地带的他们，很容易产生反社会的情绪，从而变成愤怒的抗争者。人们本来认为"后现代"生活应该是充满想象力、充满了人文关怀的彼岸世界，但是，谁也料不到前方竟然是民粹主义与愤怒的浪潮。越是发达的国家与城市，飘零族越容易成为失去希望的"末人"，他们成为繁华都市最极端的破坏者。在抗议运动中，他们破坏城市、破坏家园，用最原始的暴力发泄着自己的不满。

有研究人工智能的专家乐观表示：未来的世界，工作交给机器去做，人类就不需要干活了；人类可以从事艺术、文学等创造性职业。这看起来是美好的愿景，但是，这些职业能带来实实在在的收益吗？他们的作品就一定有市场吗？更进一步说，"不被需要的人"同时也变成了"没有价值的人"，他们的价值怎么体现？对于大部分只适合程序化劳动的人，其未来何去何从？后工业时代并没有一个清晰的蓝图，因此它在带来愿景的同时，也在制造着惶恐与焦虑。越是智能的技术，越成为确定性的梦魇。至少，种种迹象告诉我们，可以干到65岁的工作越来越少了。

（摘自《读者》2020年第4期，有删节）

## 你的收入够得上你的精致吗

国 馆

### 一

一个在广州工作生活的姑娘，月薪 4000 元，为了让自己省去坐地铁和公交的麻烦，她每天花 60 元钱打车上下班。当然，也有更深层次的心理原因。每天打车来回，虽然花费多，但这让她觉得，在广州这样一个一线城市里，活得很体面、很踏实、很精致。这种精致的感受，成本也很高，每个月光交通费就是 1800 元，占了她工资的近一半。

在一个中部省份的省会城市，一个刚毕业不久的年轻人，工资不算高，比当地的平均线低一些，3000 元一个月。他有个习惯，每天下午要喝一杯咖啡，而且必须是星巴克的，30 元一杯。有朋友问他："你的工资并不高，为什么不喝肯德基里的咖啡呢？那样更便宜些。"他说："我就是喜欢手捧星巴克走在办公室里的感觉，它不仅是咖啡，更代表着一种生活状态，优雅、从容。"仅仅为了抓取到这种生活状态，即使是片刻，他也愿意付出每个月900多元的花费，工资的近 1/3。

在深圳，8000 元一个月，做广告行业，严格来说，工资不算高，果腹而已。但是这个姑娘花了 4500 元在市中心租了一个单间，精装修，有巨大的落地窗。透过落地窗外，白天可以看见高架桥和人流，晚上可以看见霓虹灯和月亮。"我不是冲着这个房间来的，我是冲着这扇窗来的。"她说，每天下班回来，她坐在落地窗前，不喝红酒，只喝凉白开，也会有一种过着《我的前半生》里，唐晶独立而精致生活的体验。为了这份体验，即使短暂而虚幻，她也愿意付出超过一半的工资，压缩生活的其他开支，做个月光族。

这 3 个故事，有一个共同点：为了某种看起来很向往的生活状态，有的人花费很多钱在上面，甚至超出自己的支付能力。

## 二

波士顿咨询公司发布了中国年轻一代的消费，超过 60% 的人青睐大品牌，贵的、好的、网红款，哪怕一件衣服单价成百上千，说掏钱就掏钱，毫不含糊。

蚂蚁花呗的一份报告也指出，全国范围内，人们"剁手"已经成为趋势，月均网购 3.2 次。

然而，你的收入真的够得上你的精致吗？很多人其实是够不上的。

西南财经大学《中国家庭金融调查报告》显示，中国超过 55% 的家庭是零储蓄。零储蓄啊，意味着全家月光。

很多年轻人，完全是通过透支未来在消费。他们通过各类贷款渠道拿钱消费。

银行的一份数据显示：2017 年年末，全部金融机构人民币消费贷款余额

315194 亿元，同比增长 25.8%，为历史最高增量。其中，个人短期消费贷款余额 68041 亿元，同比增长 37.9%。

中国居民借钱像滚雪球，越滚越大，负债率也越来越高。

这些消费行为，可以有很多理由：富养自己；善待自己；工作这么辛苦，多花点钱，住好点，省力省时点；给自己更精致的生活状态。基于这些理由：你认为，这并不是冲动消费，而是理性消费，因为所有的消费行为，都有理有据。

## 三

法国社会学家塔尔德专门研究人类的"种草心理学"。对于人类的很多消费行为，他都有非常精辟的论述：每个人都有模仿他人的习惯，而这种模仿是最基本的社会关系。

在消费行为上，人类社会存在三种模仿定律：第一，社会下层人士具有模仿上层人士的倾向；第二，在没有干扰的情况下，模仿一旦发生，便以几何级数增长，迅速蔓延；第三，人类对本土文化的模仿总是优于外部文化。

简单来说，就是你的很多消费行为看似是理性消费，其实都是因为被洗脑了。洗脑发生于悄然之间，你未曾察觉，却非常强烈地影响着你的消费决策。

按照塔尔德的说法，在消费上，所有超出你生活必需的消费，都是模仿行为。

经济学中有一个概念：人设经济学。所谓"人设经济学"，就是商家捧红一个人，打造某种生活方式的"人设"，并不断向社会传递这种生活理念，让你在心底接受，并完全认可，然后就可以乖乖地让你掏钱了，并且你不会觉得这是商家的套路。相反，你觉得这钱花得正当，花得应该，花得理直气壮。

"人设经济学"的另一个层面，是社交消费的崛起。吴晓波说："很多人并不是为了生活在消费，而是为了社交形象在消费。"

当你迷恋上某个"人设"之后，你就会自动代入，在潜意识中，把自己打造成那种"人设"，在朋友圈中展示出来。

朋友圈中的那个你与现实中的那个你，完全割裂开来。你愿意为朋友圈中的那个你疯狂消费，去旅行、去购物，为了让那个自己更贴近想象中的"人设"。你被你的社交形象反噬了，就这样，你的消费权被牢牢控制在商家手中。

## 四

日本生活家有川真由美倡导极简主义生活美学。

她讲过一个故事。去旅行时，她看到免税店里面有一件衣服，一下子就吸引了她的眼球。虽然和她平常的穿衣风格不一样，但这件衣服设计得很好。

她试穿了一下，果然很适合她，也很好看。

可是出于消费习惯，她又开始思考：我需要它，还是我喜欢它。如果是我喜欢它，一个月后我还会喜欢它吗？

考虑之后，她放弃了购买。因为她深知，这种风格的衣服于她而言，就是过过瘾，她的喜欢不会超过一个月。

很多人的购买行为，都是因为喜欢；但很多人的喜欢，都不会超过一个月。

在她的故事里，我看到了理性消费的原则。

真正的理性消费，只有一条标准，那就是依照生活所需，进行消费决策。唯有回归生活本质，才会让消费更加理性。

这里有4条购买原则，在购买一件东西时，先思考，再决定是否购买：

(1) 该物品是否为生活必需？

(2) 该物品如非生活必需，是否非常喜欢？

(3) 该物品如非常喜欢，喜欢周期会有多长？

(4) 如购买，下一次搬家，会带走它吗？

有川真由美说得好："真正精彩的生活，靠的不是堆满房间的东西，也不是用之不尽的金钱。'我经历过怎样的时光？我将要度过怎样的时光？'对时间内涵的正确理解，才是舒心生活的关键。"

（摘自《读者》2018 年第 24 期）

## 致高考后的你
张立宪

参加过高考的你，有一件事情将注定会发生：某个良夜，你正在安眠，噩梦不期而至。

在梦中，你居然还需要奔赴考场，或是死活找不着地方，或是干脆找不到准考证，或是想了半天依然不知道答案，或是知道答案，可写了半天卷子上始终一片空白……你呼天天不应，欲哭无泪，待从梦中挣扎着醒来，稳稳心神，擦擦冷汗，便庆幸自己已经无须再考。然后，在又一个良夜，同样的噩梦继续尾随而至，如同你惶急丧乱、奔忙无助的命运。

高考过后的你，如果得了高分，考入名校，你一生中便多了一头永远也吹不够的牛。你会不厌其烦又若无其事地向别人描绘你在考场上的惊人发挥，似乎这是你漫长生命中最紧要（乃至唯一一次）的成功和荣耀。你会见缝插针地找可以歧视的人鄙视一下，浑然不觉自己已经泯然众人矣。除了那个考分和那张录取通知书，老天分配给你的焦虑与迷惘、困顿与失落，既不比别人多，也不比别人少。

相反，如果高考失利，你考入一个自己和家人并不愿接受的学校，其后无论怎样奋斗，如何成功，一种敏感又脆弱的"学历情结"总会若隐若现地伴你终生。你会努力证明自己并不比名校生差，同时相信自己不屑于拿这些俗事攀比。但当那些名校生相互攀谈"你是哪个学校的"，再兴奋地回顾自己高考时的辉煌和大学校园里的逸事时，你依然会感觉到内心在隐隐刺痛，然后再超脱地认为自己并不在乎。

一次高考，留下终生的心理创伤，简直就是跨越地狱之门。

实在不该用这么久远的事情来刺激刚刚高考过的同学。其实，能够不为以上情势所动，就是比成为高考状元还值得骄傲的强大。

好吧，你可能正在填报志愿，爸爸妈妈比你还着急。自从你的高考倒计时开始，他们已经把自己培训成了营养学家、心理学家、社会治安综合治理积极分子、未来学家和大数据分析专家、人力资源就业专家。你需要先劝住自己，无须紧张过度，压力太大，再劝阻父母，不要四处托人拉关系、求关照。报什么专业呢？听从自己内心的召唤吧。刚刚十几岁的你，是不可能为自己其后几十年的人生设定出那么清晰的路线的——我见过一个很出色的出版社编辑，人家大学学的是光学专业。

顺应社会潮流也同样不靠谱。我高考那年，法律系最热门，囊括状元无数，相反被会计系录取的同学就像被发配进人间地狱一样。可等到毕业时，会计系同学的就业机会多到眼花缭乱，法律系的毕业生，必须要搭配其他热门专业的同学才能分出去。拿我自己来说，和另一个同学商量报新闻系。他的考分没我高，就让我先挑。我看到"广播电视"四个字，感觉这个专业似乎学的是电器维修，就让给了他。结果，这家伙日后进了中国中央电视台。唉，那个趾高气扬的人儿本应是我啊。不过，且慢失落，现在电视人的日子也不好过了，和纸媒从业人员一样惶惶不可终日，正饱受IT精英、门户网站、自媒体的挤对。

如果这两个过来人的事例还不足以让你放松下来，请看看这份大数据报告吧：2013 年需求度最高的十个职业，在十年前的 2004 年，都还没有出现。这意味着，在这个技术爆炸、快速升级刷新的时代，我们的学校是在为还不存在的工作培养学生。他们未来将使用我们现在还没有发明出来的技术，去解决我们现在还不知道是什么的问题。

所以，报考心向往之的专业，或被不明就里的专业录取，都不那么重要。要紧的是，进入大学校园之后，如何夯实你的知识储备、锻造人格，如何培养你的想象力、对美好事物的感知能力，还有对世间万物的好奇心、反应能力和链接能力。

比我们这些老战士更不幸的是，现在的时空被扁平化了。我们原先只需比拼过同宿舍的阿牛、同单位的老马、同村的小猪即可，而你现在所处的却是一个地球村，你的竞争对手遍布全世界，你必须拿出让所有人无话可说的本事来，才能享受到前人较容易得到的一席之地。所以，进入大学校园之后，你再怎么努力都不过分。

当然，社会进步、经济发达、时代发展，即使在大学里饱食终日地晃悠几年，日后也肯定饿不死。选择紧张还是松懈，就看你能否切实为自己负起责任。

打破原来的生活规则，逃离注定要离开的地方，成为一个没有故乡的异乡人，这是我们许多人的宿命。进入大学，是你流浪的起点。那个无论多能考高分也摆脱不了依赖、内心尚未断奶的心理巨婴，挥手与他说再见吧。请独自上路。

可即使进大学后，能够不受拘束地玩游戏、谈恋爱了，从小所受的教育还在延续，社会现实依然教训深重，时时刻刻提醒你：某一种人生、某一类生活，是你不该去想的、不配拥有的、不应该去追求的。顺从、麻木、妥协、窒息，就这样渗入与大家年龄极不相称的血液。

但你的灵魂不会就范，你正处于这样一个年龄：思维如火山般活跃，激情如大雨般滂沱，阅读与思考的胃口惊人，体力充沛，想象力左冲右突，没有成见的束缚，没有物质的负担，没有世俗的压力，有同伴在一起，探讨人生、思考人生、怀疑人生。你和日后再也难以交到的好朋友在一起，给予对方勇气，也彼此扶持，得以选择残酷现实的另一面，也尝试生活的另外一种可能：不甘心只是在别人指定的圈子里跳舞，不情愿重复已经被无数人重复过的人生轨迹。

这才是属于你的大学校园，你迈过地狱之门后的世界。

（摘自《读者》2020年第17期）

## 贫穷的思维

襄 依

我有一位大学同学，刚认识她时，只是觉得她这个人性格真好，会照顾人、不发脾气，关键是沉得住气。深入交往之后，她告诉我："其实，我性格好，最主要的原因是我自卑，生怕得罪什么人，所以，只能对所有人都好。"我问："你学习这么好，为什么自卑呢？"她有些不好意思地说："我家很穷，上大学的钱都是借的。吃不好、穿不好，尤其到了大学，看到那么多光鲜亮丽的人，觉得自己卑微极了。"也是，学校里几乎每个人都有笔记本电脑，大多数人也已经有了智能手机，而她，没有电脑、没有手机，她与外界联系的唯一途径就是道听途说。这样的好处是她可以全身心地投入学习，她的成绩也相当不错，每年都能得到国家奖学金。第一次听到她拿奖学金的消息，我比她还要高兴，我暗自思忖，她可以用这笔钱买一台普通的电脑，或者买一部智能手机，这样，她就可以上网了解外面的大千世界了。但结果是一年的时间过去了，她什么都没买。

有一天，我问她："你的奖学金怎么花的啊？"她一脸惊讶地说："怎么花？还账还来不及呢。除了学费，我爸妈过去借的钱也得还上。"想想也是，欠钱的滋味不好受，先还上也是不错的方案。等到第二年发了奖学金，她的生活依旧没有什么改变，闲不住的我，又问她钱怎么花的，她有些骄傲地说："我哥哥结婚，买房子缺钱，我把一万多块钱给他了。"我气急败坏地说："如果你哥哥没有你那一万块钱，是不是就买不起房子了？"她说："当然买得起，只不过还得借别人的，我有钱，先给他就是了，又不用还。"到第三年再发奖学金时，我没有再问她。

大四那一年，她决定考研。成绩优秀又没有其他的技能，好像也只有考研这一条路了。考研需要买报考学校的真题，因为那所学校保密工作做得比较好，所以网上的试题不多且不全，通过一些辅导机构是可以买到的，只不过价格贵很多。她愁眉苦脸地对见到的每个人说："怎么办？真题都找不到。"别人劝她说："花二三百块钱买一套得了，多省事儿。"每次她都说："太贵了，买不起呢。"于是，她花了一个多月的时间，每天去学校的电子阅览室，七零八落地找全了资料。她觉得这是一件很有成就感的事情，用一个月的时间省掉了二三百块钱！

考研结束，她的成绩在边缘上，只能等复试通知下来。按说，在这种时候，你得一刻不停地盯着电脑，刷新页面，看有没有最新的消息出现。可她没有电脑，很不方便，只能有空的时候去学校的机房看看。那一天，学校出了校内调剂的信息。下午两点发出的通知，规定四点之前就得把信息发过去，也就是说必须在两个小时之内完成。午睡后，我醒来时，在考研网站上看到了这个消息，当时已经三点半了，我给她打电话，她说她在自习室，没有看到。然后，我给她招生办的电话，让她直接先报上名，没想到的是，名额已满，就算分数再高，因为时间晚了，也不行了。她哭得昏天黑地，埋怨学校给的时间太短，却没有想过，在那个关键的节点，及时得到信息要比多掌握几个知识点重要得多。

幸运的是，因为分数高，她有好几所很好的学校可以调剂。她选择了北京的一所，然而面试时被刷了下来。我说，你再尝试几个吧，那么多好学校可以去呢，她的第一反应是："去北京这一趟，花了五六百块钱，还失败了，钱白花了。去别的学校，花了钱，再考不上怎么办？"这是什么逻辑？在未来和金钱面前，她最先考虑的是金钱。此时的她，似乎忘记了一年的挑灯夜战以及辛苦得到的那么高的分数。当时我想，也许她可能读研的欲望没有那么强烈吧，放弃也未必是件坏事。

毕业之前，她一直在准备考她老家的教师。聊天时，我说："当老师挺好的，可以减轻家里的负担了。"一向稳重的她，突然说："我可以一边上班，一边考研吗？"我很惊讶地说："你既然那么想读研，为什么当时不选一所学校？或者，你就留在学校半年，全身心地备考就得了。工作后，哪还有时间复习啊？"她回答："在学校还要花钱，当上老师后就会有工资，可以先养活自己再考研啊。"想想也是，如果没有钱，毕业之后真是挺不好意思再花家里钱的。

后来有一天，她的钱包被偷，我问："你的银行卡在里面吗？"她说在。我随口又问："里面有钱吗？"她说："有，但小偷应该取不出来。""为什么啊？""里面的五千块钱，我存的是定期，不容易取出来。"我瞬间就石化了。

如果五千块钱没有存定期，如果五千块钱可以花，那么就不用花费一个月时间去找资料了，用这一个月来备考，可能分数就会高几分；可以多去几所学校复试，说不定，能去一所比第一志愿更好的学校；也可以不用跟家里要钱，在学校继续备考半年，全身心投入，一次成功；当然，更可以买个哪怕几百块钱的智能手机，刷新一下网页，也就不会错过调剂信息了。

我们老家评价这种人就是"穷怕了"。因为穷过，所以做什么事情都是先考虑钱的问题。殊不知，越是先考虑钱，越是丧失了赚更多钱的机会。

我身边还有一个比她贫困很多的好朋友，成绩不如她，奖学金也不如她拿得多，但是他把这些钱全用来投资自己了。那一年，他决定考北京电影学院,他把所有的钱都拿出来,去"北影"上了很贵的辅导班,坐火车来往于学校和北京十几次,然后一次考中。现在,他写一篇影评的稿费至少一千多,一年以后,基本上就可以有剩余的钱贴补家里了。很多人说像"北影""中戏"这种学校得是富家子弟才能上的,但是我这个穷得很彻底的好朋友,一点儿都不畏惧,硬是凭借一己之力,完成了自己的华丽转身。

贫穷的人总爱谈论这个世界的不公平,可归根结底,那都是自己一次次选择的结果。如何在有限的物质基础上,做出最大的成绩,才是我们真正要思考的,而不是只想着如何去丰富物质财富。一个再富有的人,如果没有阔大的格局,也会有衰败的一天。格局的大小,在很大程度上决定了我们的人生会有怎样的走向。以少胜多,才是大本事。赚钱比省钱重要得多。

(摘自《读者》2015 年第 4 期)

## 钱的教育
梁实秋

《乌托邦》的作者告诉我们，在理想的国里，小孩子拿宝石当玩具，孩子们可以由着性子大把抓珠宝，随手丢来丢去地玩。其用意在使孩子们把财宝看成司空见惯的东西，久之便会觉得金钱这东西稀松平常，长大了之后自然也就不会过分地重视金钱，贪吝的毛病也就不至于犯了。这理想恐怕终归是个理想吧！小孩子没有不喜欢舞枪弄棒的，长大之后更容易培养出尚武的精神；小孩子没有不喜欢飞机模型的，长大之后很可能对航空产生很大的兴趣。所以幼习俎豆，长大便成圣贤，这种故事不得不说有几分道理。小时候在钱堆里打滚，大了便不爱钱，这道理我却不敢深信。

事实上一般小孩子所受的关于钱的教育，都是培养他对于钱的爱好。我们小时候，玩的不是钱，而常常是装钱的扑满。门口过来一个小贩，吆喝着："小盆儿啊，小罐儿啊！"往往不经我们请求，大人就会给我们买一个瓦制的小扑满。大人告诉我们把钱放进那个小孔里，积着，积着，积满了之后，"扑腾"一声摔碎，便可以有一大笔钱。那一笔钱做什么用？从来没有人告诉我们。以我个人而论，我拿到一个扑满之后，便被这个古怪的玩意儿诱惑了，觉得怪有趣的，恨不能立刻把它填满，憧憬着将来有一天摔碎它时的那种快乐。我手里难得有钱，钱是在父亲屋里的大木柜里锁着的，我手里的钱只有三种来源：一是过年时的压岁钱，或是客人来时给的红纸包的钱；二是自己生辰家里长辈给的钱；三是从每日点心费里省出来的节余。有一点儿富余的钱，我便急忙投进扑满，"当"的一声，怪好玩儿的。起初我对这小小的储蓄银行很感兴趣，不时地取出来摇摇，从那个小孔往里面窥看。但是不久我就恍然大悟，我是被骗了，因为我在想买冰糖葫芦或糯米藕的时候，才明白那扑满里的钱是无法取出来用的，那窟窿太小，倒是倒不出来，用刀子拨也拨不出来，要摔又不敢，我开始明白这不是一个玩具，而是强迫人储蓄的一个陷阱。金钱这东西为什么这样宝贵，必须如此周密地储藏起来呢？扑满并没有让我养成储蓄的美德，反倒让我对钱产生一种神秘的感觉。

　　有人主张绝对不给孩子零花钱，糖果、玩具都已准备齐全，当然不该让孩子们再去学习挥霍的本领。铜臭是越晚沾染人的双手越好。可是这种办法也有时效的限制，一离开家，任何孩子都会立刻感觉到钱的重要。我小的时候，每天上学口袋里放两个铜板，到学校可以买两套烧饼油条当早点。我本来也没有别的欲望，但是过了两天，学校门口来了一个卖糯米藕的小贩，身边围了一圈小顾客，我挤进去一看，那小贩正在一片一片地切着一段赭中带紫的东西，像是藕，可是孔里又塞着东西，切好之后浇一小勺红糖汁和一小勺桂花，令人垂涎欲滴！我咽了一口唾沫之后退了出来。第二天，我仗着胆子去买一碟尝尝，不料要起码四个铜板。我忍了两天没吃早点，买了一碟这无名的美味。这是我有生以来第一次感觉到钱的用处，第一次感觉到没有钱的苦楚。我相当地了解了钱的重要。

　　钱的用处比较容易明白，钱从什么地方来，便比较难以了解。父母的柜子里、皮包里，不断地有钱的补充。但它们是从哪里来的呢？有人主张用实践的方法教导孩子：不工作便没有钱。于是他们鼓励孩子们服务，按服务的多寡优劣而付给报酬。芟除庭草，一角钱；汲水浇花，一角钱；看家费，一角钱；投邮费，一角钱……这种办法有好处，可以让孩子们知道钱不是白给的，而是通过劳动换来的。但也有流弊——没有钱便不工作。我见过很多孩子，不给钱便不肯写每天一页的大字，不给钱便死抱着桌腿不肯上学，不给钱便撒泼打滚不给你一刻安静的工夫睡午觉。这样，钱的报酬功用已经变成贿赂了！"没有钱便不工作"，这原则并没错，不过在家里应用起来，便抹杀了人与人之间的情分，似乎是太早地戕贼了人的性灵。

如果把钱的教育写成一本大书，我想也不过是上下两卷，上卷是钱怎样来，下卷是钱怎样去。

钱怎样来，只能出上一辈的人做一个榜样给下一辈的人看。示范的作用很大，孩子们无须很早就实习。如果一个人的人生观和宇宙观都是从钱的方孔里望出去的，我相信他的孩子们一定会有一种拜金主义的心理。如果一个人用各种欺骗舞弊的方法把钱弄到家里而并不脸红，而且扬扬得意地自诩为能，甚而给孩子们也分润一点儿油水，我想这也就是很有效的一种教育，孩子们长大必定也会有从政经商的全副"本领"。所谓家学渊源，在这一方面也应用得上。讲到钱的去处，孩子们的意见永远不会和上一辈的相同，年轻人总觉得父母把钱系在肋骨上，每个大钱拿下来都是血淋淋的。钱永远没有足够的时候。正当的用钱方法，是可以从小就加以训练的。有人主张，一个家庭的经济应该对孩子们公开，月底召开一次家庭会议，懂事的孩子全都到席，家长报告账目和预算，让大家公开讨论。在这民主的形式之下，孩子们会养成一种自尊。大姐姐本来吵着买大衣，结果会自动放弃，移给弟弟妹妹买皮鞋用；大哥哥本来争着要置自行车，结果也会自动放弃，移作冬天买煤之用。这是良好习惯的养成，把钱用在最需要的地方。钱不但要满足自己的物质需要，还要顾及自己内心的平安。这样的教育方法，值得一试。孩子不是只能接受命令，他也可以理解。

(摘自《读者》2020年第12期)

## 穷孩子的学费

李 若

一

高一那年,我家养的三头猪都不行了。这三头猪,是我和弟弟一整年的学费。

邻居婶子来劝妈妈:"找屠夫把大猪卖了,卖的钱再买一头小猪养,不至于血本无归。"

说话间妈妈的眼泪就流了下来:"那不是害了其他人吗?"街坊邻居七嘴八舌地都劝妈妈:"做人不能太老实。"

妈妈只好出门去找屠夫,屠夫姓易,正好在村口和村民聊天。屠夫进了家门,一眼望去,猪圈里都是病入膏肓的猪,赶紧去三轮车上拿来杀猪刀。

"猪都快死了,还要再杀吗?"

屠夫说:"得补一刀放血,不然猪肉是红色的,一眼就能看出是病猪肉。"最后,两百多斤的猪给了一百五十元。

## 二

三头猪都没了,我和弟弟的学费真悬了。穷人的孩子早当家,不用爸妈说什么,我和弟弟就开始各自为学费操心起来。

那一年开学,我和弟弟的学费是赊的。隔一段时间,老师就在班上提醒一下:"欠学费的同学该交学费了。"每当这时,我就会十分难为情地低下头。

等过了惊蛰,万物复苏,田野里的花开了,地下的昆虫也蠢蠢欲动起来,一年中最好的时候就到了。

弟弟买来黄鳝笼子,又去牛屎粪堆里刨蚯蚓,下午放学后就立刻开始准备。"下黄鳝"最讲究时间,要趁天黑之前把装有蚯蚓的笼子放到池塘和水田里,第二天早早起来再去取回来,一次放三四十个笼子,可以捉一两斤黄鳝。

我则请了一星期的假,去大舅家挖蜈蚣。当时,八寸长的大蜈蚣一条能卖五毛,五寸长的三毛,再小一点的两毛。

我还有两个伙伴。比我大一岁的妞妞早已辍学,现在在家挑粪、砍柴、洗衣、做饭;比我小一岁的小鹿初中毕业,等着秋后征兵时去当兵。

天蒙蒙亮,妞妞和小鹿就在大门口喊我,我一骨碌爬起来,头不梳脸不洗,拿起工具就往外跑。所谓工具,不过就是一把短柄锄头和一个矿泉水瓶,在瓶盖上钻几个小孔透气,免得蜈蚣被闷死了。

第一天我们去了棋盘山。把地上的石头挖开,蜈蚣就藏在石头下面。挖开石块,蜈蚣四散奔逃,这时就要眼疾手快,上去一脚踩住蜈蚣身子,小心翼翼地按住蜈蚣头和腹部连接处。这时,蜈蚣会用后半截身子爬上你的手,爪子在手心里游走，你要飞快地拔掉蜈蚣头部左右两边的螯。

万一被咬到，会疼整整一夜，直到鸡叫时才好。

等到傍晚收工时，我大概挖了二十多条，手也被锄头柄磨了几个泡。

接下来就是穿蜈蚣。我们在妞妞家分工合作：小鹿负责劈竹子，制作绷蜈蚣的竹片儿，妞妞往装蜈蚣的瓶里倒开水。

开水一倒进去，刚刚还在瓶里拼命爬的蜈蚣就立马收缩身体，一动也不动了。

把蜈蚣从瓶里倒出来，用竹片比着蜈蚣，一条一条拉直，小鹿说，截竹片时不要可着蜈蚣身体那么长，要比蜈蚣身体长一厘米，这样小号的能充当中号儿的卖，中号的能当大号的卖。

## 三

离开的前一天，我在乱石堆里挖出来一条很大的蜈蚣，有中指那么粗，身子圆滚滚的，异常凶猛。我怎么都捉不住，用锄头摁着，它竟然回过头来咬锄头柄。我担心时间长了它逃跑，急忙喊她们来帮忙。妞妞边帮忙边喊："哇！这么大，怕是要成精了！"突然她惊叫一声，蜈蚣狠狠地咬了她大拇指一口。妞妞疼得直吸冷气，恶狠狠地拔了蜈蚣的毒牙，差点连头一块儿拽掉了。

我不好意思地对妞妞说："这条蜈蚣就送给你了。"妞妞死活都不要，她说："你学费还没凑够呢。"

那天，看着满满一书包的几百条蜈蚣，我心里美滋滋的——等把这些蜈蚣换成学费，我就可以继续上学了。

当晚我做了个梦，在梦中，我挖开一块又一块的石头，下面不停地有蜈蚣爬出来，我捉都捉不过来。此后很多年，这样的场景都会时不时地出现在我的梦里。

第二天一早，当我拿起书包准备回家时，一下子傻眼了：书包被咬了一个大窟窿。

打开书包一看，里面的蜈蚣全没了，只剩下一堆蜈蚣头、蜈蚣脚，还有乱七八糟的蜈蚣残肢。我脑中"嗡嗡"直响，继而大哭起来："我的蜈蚣啊，我的学费啊，全没了！"

听到我的哭声，全家人都围过来看。大舅说："这是老鼠吃的，昨夜风雨大作，老鼠在房间里跑来跑去，我没在意，没想到竟然祸害了你的蜈蚣。别哭了，哭也哭不回来啦……"

大舅给钱让我拿去当学费，我没有接，哭着离开了大舅家。

从大舅家到我家的十几里路，我是一路哭着回来的。

## 四

热爱文学的我，就连做饭的时候，都要一边和面一边看下面垫着的报纸。去别人家串门，人家墙上糊墙的报纸书籍，只要是带字的，我都要看完才走。

那一路我甚至想到了死——不能上学的日子，过一天就多受一天的罪，不如死了痛快。

等我回到家，见弟弟也在哭，原来这几天他把捉的黄鳝养在门口的大缸里，适逢下雨，屋檐上流下来的水把缸注满了，黄鳝全趁机逃跑了。

姐弟相见，抱头痛哭。

妈妈连忙上来劝："莫哭莫哭，黄鳝是见洞见缝就钻，发水时黄鳝随着水一起跑到地基里去了。咱们挨着地基挖一条沟，沟里灌满水，再放上笼子，晚上黄鳝出来喝水找吃的，不就又回来了吗？"

听了妈妈的话，弟弟擦干眼泪，按照妈妈的说法开始挖沟做陷阱。

真如妈妈所说，逃跑的黄鳝都自投罗网了，弟弟的学费终于失而复得。

我却从此辍学了。

五

后来，在小舅的介绍下，我到市里一个私人开的印刷厂打工，每月工资一百元。

记得在一个冬天的晚上，我上街买东西，一位中年父亲扛着一个大蛇皮袋在前面走，一个八九岁的小孩跟在后面亦步亦趋。走到一个烧饼摊前，孩子不走了，喊着要吃烧饼。父亲不给买，硬拉着孩子要走，孩子直勾勾地盯着烧饼，撕心裂肺地哭喊："我饿了，我要吃烧饼……"

看到这一幕，我实在忍不住，冲上前去买了两块钱的烧饼送给他们父子。

这事自然和我无关，我只是受不了那种哭声，那撕心裂肺的哭喊让我想起当年的自己。我永远都忘不了在那十几里路上洒下的泪水，这么多年过去了，我再也没有流过那么多的泪。

(摘自《读者》2017年第22期)

## 穷人变富

李松蔚

一些人哪怕有钱了，心里也永远甩不脱穷的影子。生活中随处可见这样的例子。但我们也必须承认有另一种情况的存在：过去是穷光蛋，一路奋斗，终于成功地脱离了穷人阶层。

这一过程所需要的，不仅仅是财务状况跨越某一个门槛。

作为心理咨询师，我对这一过程尤其好奇。它反映出的是一个牢不可破的信念——对负面图式的长期认同发生了根本性的扭转。我现在要写的故事的主角就是这样一位完成了双重转型的"逆袭者"。他是第二位与我约谈的网友，男性，35岁，谈话目的是"愿意公开自己的人生经历，让更多人从中汲取正能量"。他同意我将这一段谈话内容发表。文野是他本人要求的化名。

我们在一家咖啡馆见面，谈了一个多小时。其中大部分时间是文先生讲述他不平凡的奋斗经历，老实说，有点沉闷。作为亲历者本身，自然每一处转折都觉得惊心动魄，但网上同类的故事实在已有些泛滥，文先生的经历并没有多少特别之处，听来颇觉审美疲劳。真正让我感兴趣的，是他在 2010 年发生的那场转变。

他在前一年买了房，花光了他多年来的全部积蓄，背负了少量的公积金贷款。那时他当然已经不是一个穷人。但他打完款，看到自己重返三位数的账面余额时，仍然感到如坠深渊般的眩晕。这种眩晕，我很熟悉，那是深烙在一个穷人心底的恐慌。

"我买第一套房的时候，朋友们都祝贺我，说行啊，这下你不用愁了，房子都买下了。我心想：站着说话不腰疼，看我没钱了，还说风凉话。"

而到 2011 年，他就辞了职，用房子抵押了一笔钱，投资一百多万跟人合伙创业。

"那时候孩子也就几个月大，老婆有点产后抑郁，心理压力大，不敢跟我说，半夜偷偷抹眼泪。丈母娘劝我，说这样对奶水不好，让我缓两年。我就跟老婆谈了一次，算了一笔账。我说我把现在这份工作辞了，但是年薪三四十万的职位，我随时都能再找。一年旱涝保收，这个数总是没问题的。所以投入这笔钱你怕什么？大不了我回头工作三年补回来就是，这风险我承担得起。千金散尽还复来，我心里不是没数。"

这番话让我极为震惊。我想，这恐怕是他不平凡的人生经历中最不平凡的一段！仅仅不到两年的时间，一次置业，一次创业，文野在钱上的态度有了天壤之别。我来了兴趣，问他那两年发生了什么。

他说就是老婆怀孕，生孩子。事业方面并没有显著变化，也没有飞来横财。

"但是你好像一下子有信心了很多？"我问。

文野思忖片刻，说："有吗？可能吧。我就是觉得自己其实挺能挣的。"

我问他"挺能挣"的感觉是怎么得出来的。

"明摆着的事实啊：我那时候一个月的薪水就有两万多，还不算项目提成。在当时就算是很能挣了。这都是我脚踏实地干出来的。"文野显然没理解我的意思。

"问题是，2009年你买房的时候，收入差不多也有那个数量级，对吧？"

文野点头："大概低个10%的样子，差不多。"

"但那时候你还很心虚，看到存款没了会很焦虑。你没觉得自己能挣。"

文野回忆2009年（包括之前）的心态。没错，那时他还是一个穷人。收入虽然也不低，但是钱都存在银行里，多花掉一点都心疼。只有在看到账面的数字增长时，他才会感到安心。"可能因为那时没买房吧，心里没底。"他说。

但我认为不止如此。就拿买房这事来说，那时有很好的机会，他只要申请多一点的贷款就可以早一年买房，但他没有行动，白白让房价涨了不少（换作现在，他绝不会错过2008年的时机）。嘴上说存钱是为买房——道理上也确实如此——但从行动来看，他已经具有了购房实力，却还是一拖再拖，攒了又攒。我觉得，这就不能说因为没买房而心里没底了，倒是因为心里没底才不敢买房。说到底，还是因为"穷"。

这么说起来，文野也感慨："还好2009年出手，要是再拖一年，就买不起了。当时就是头脑一热豁出去了，房价开始上涨了，不买不行。这样逼了自己一把。"

他想起来了，刚买房的那一段时间，日子很不好过，每天都在担惊受怕。

怕什么呢？文野笑着摇头说："都是一些很蠢的想法，没有逻辑。"

但对这些"没有逻辑"的想法，我格外有兴趣。按照认知疗法的理论，我们每个人都生活在各种"没有逻辑"的假设和信念中，区别只是我们在多大程度上能意识到我们可以不必受其摆布。在我的再三要求下，文先生颇为不好意思地说：

"我那时候觉得，手头要是没有五位数的存款，就会遇到什么危险一样。"

他端起咖啡，自嘲地笑，努力掩饰自己的尴尬。我没有笑。我觉得这个想法一点也不"蠢"：就在几年前，我自己也会这么想！我也是穷人出身。我猜很多穷过的人，都曾经有过类似的心态。仿佛身家性命都系在那个数字上，稍一变化就心惊肉跳。不敢消费，也不敢投资。当然，理智上知道那样不对，但由不得理智做主。

"我明白这种想法。我读研究生的时候，靠杂七杂八的兼职养活自己。钱挣得不少，但总是不敢花。我担心：万一存款花完了，又找不到新的工作，那岂不是会饿死？安全起见，我必须留足3个月的生活费才行。那是我给自己的缓冲期。"

文野眼睛一亮："没错！对我来说起码要留半年的！"

我们哈哈大笑。突如其来的共鸣让文野放松了不少，好像遇到了同类。在彼此的启发下，我们又找到更多相似的、穷人特有的、"没有逻辑"的信念：

"每个月都有花钱计划，一旦超出计划一点就感觉要完蛋。"

"挣到钱总觉得是这段时间运气好，总担心以后不可能这么顺。"

"所以也没有胆量贷款。万一哪一年断供了怎么办？"

这时候我才隐约地接触到那个原来的他——那个二十出头闯北京，不舍得租房，只得在单位沙发上过夜的穷光蛋。从一见面开始，文先生就是一个神采奕奕的商务人士，笑容温和，待人得体，举手投足中满是自信。这是一个被命运眷顾的人。虽然他反复提到过去的落魄，但直观感觉上，我还是无法把他和"穷人"联系起来。

他现在完全理解了我说的转变是怎么回事。他说："多亏了那一年买房。"

"你会真正发现以前担心的东西，根本是不存在的。"

有一个寓言说：一只鸟从小被关在笼子里长大，后来就算出了笼子也不会飞。因为在它的头脑中，已然有了一只看不见的"笼子"。照这个比喻，这只鸟当真想飞起来，就必须先尝试着突破"笼子"的屏障，拿自己的身体冒险，小心翼翼地闯荡想象中的禁区。舍此别无他途。在认知疗法中，这叫作行为实验。

所谓行为实验，就是在生活中，把我们原先坚持的信念变成一个假设，再尝试以实验证实或推翻。譬如有人以为：我做事必须一丝不苟，别人才会喜欢。真的吗？不妨做一个实验：故意犯一次错，看看结果如何？一试之下，许多不合理的信念自然就会土崩瓦解。

所以文野是在情急之下，开启了一场"失去存款会怎样"的实验。

像是被猝不及防地扔到一个陌生地带。好在他发现自己担心的事一件也没发生。

最严重的时候，他感觉自己已经岌岌可危了。他的存款一度跌到过三位数。但还好，等到发薪日他就活了过来。什么危险也没有遇到——说来可笑，就这么点破事，折腾了他30多年，本质上荒谬得让人失望。但也就是从那个时候开始，他对金钱的感觉发生了变化。他开始意识到自己"挺能挣"，开始客观地评估自己的经济能力，开始买一些自己原来不会买的东西。一次又一次地，他还会因为存款上的波动而困扰，但程度已经越来越轻，而愉悦感日渐增强。他逐渐开始觉得，钱本该是一个流动着的东西，唯有运转起来才能产生价值，存款太多反倒说明不能物尽其用。

行为实验一旦开始，哪怕只是最温和的一小步，也会逐步自我强化，构成一个正反馈的循环。文野的例子刚好说明了这一点。不到两年的时间，他已经很难理解自己当初究竟在焦虑什么。他最后一次逼自己，是2010年年底买车（北京实行摇号前夕），他的财务状况因此再度陷入冰点。但他已经有过一次经验了，这一回很快就振作起来。这让他更加明确了对钱的态度。之后不久他就创业，后来又贷款买了一套房。

他创业了两回，中间又工作了一年。现在他仍然没多少钱——以存款和现金流而论。"有吃饭的钱就够了，买东西刷信用卡。"他有两套房，有自己的公司，还在不同的项目里拥有不少股份，其余的资产则以股票、信托、比特币等形式存在。"没统计过值多少钱，算个总数也没意思。"我问他："一千万应该是有的吧？"他笑笑："光两套房子就值一千万了。"对于依靠存款而活的人，这是一个无法想象的数字。

我当然不是说，文先生的发家全是因为心理上的改变。在这篇文章里，我没有写到他的勤劳、坚强、隐忍、智慧、诚实，以及经验技术，还有这个时代提供的各种机遇，这些才是他赚钱的根本。但是另一方面，这些让人赚到的只是客观的钱。一个占有大量金钱的人，却未必一定能"有"钱。我看过一篇报道，说中了彩票的穷人很多，能改变其一生财运的很少。因为他们没"有"钱。这里的"有"不是占有，而是掌握，是如臂使指的灵活运用，把钱变成工具，变成盟友，变成帮忙赚钱的奴仆。

　　穷人永远被金钱驱使，而有钱人则可以驱使金钱。在我看来，这中间的分界线，不只是挣钱多少，也在于这个人和金钱的关系。一个穷人是从什么时候开始有钱的呢？我的回答是：从他和金钱的关系开始转变的时候。

（摘自《读者》2015年第13期）

## 缺钱的年轻人

林一凡

　　根据国家互联网金融安全技术专家委员会发布的《我国现金贷发展情况报告》，截至 2017 年 11 月 19 日，中国在运营的现金贷平台有 2693 家，平台各类用户近 1000 万人。其中 21 岁~40 岁用户最多，占总数的 68.46%。

　　对平台来说，"高利率覆盖高坏账"的盈利模式让这个行业仿佛遍地是黄金；对借贷者来说，在高息重压之下，一不小心就泥足深陷，债台高筑。

　　在所有事情发生之前，洪波的生活过得还算体面。

　　他学历不高，高中就辍学到深圳打工。几年后，他回到家乡海南，经人介绍谋得一份运动品牌的导购工作，后来升职为区域负责人。洪波的妻子在海南某三甲医院当护士，二人月收入总和最多时有 9000 元，这在当地算是中上水平了。

　　转折发生在 2016 年 4 月。洪波的妻子临产，在例行产检时，医生发现她胎盘前置，需要做剖腹产手术，这对洪波来说是一笔突然多出来的开支。

不巧的是，之前因为结婚，夫妻二人几乎用光了积蓄，手头资金不足4000块。洪波是孤儿，岳父岳母家在农村，条件有限，有心无力。

洪波完全不知道去哪里弄这笔钱，直到他在手机浏览器下方，看到互联网金融公司的广告。

洪波决定相信一回新生事物。在联系了对方工作人员后，洪波带着自己全套身份资料，从居住地花了一个小时到金融公司位于海口的线下门店，完成了他在互联网平台上的第一笔借贷——两万元，分18期还完，每期还款1672元。

钱还到第13个月，洪波所在的公司业绩下滑，妻子也因为在哺乳期无法上夜班，导致整个家庭收入减少。而且，他们还多了个孩子要养。

眼见着家庭支出结余难以支付分期还款的金额，洪波也很爱惜自己的信用记录，不想它有任何污点，于是，他又开始找钱。

这次是在自己的微信朋友圈里，洪波看到有人转发现金贷平台的广告，这让他动了心。

何为现金贷平台？国家互联网金融风险分析技术平台有一个暂定的概念：平台以"信用贷""消费贷"等形式，对借款人直接发放现金，放款时间较短，借款期限在半年之内的小额借款平台。现金贷平台的最大优点是——无抵押，无担保，无消费场景，不指定贷款用途。

洪波一下子就被现金贷吸引了。这次操作简单多了，他只在App上填写了自己的身份资料、紧急联系人信息。注册一个小时之后，平台就放款了。他借了1000元，到手850元，借款期14天。但14天后，洪波当月工资还没发下来。平台催收人员提醒他："找资金周转一下。"

洪波通过手机的应用商城，搜索借款平台，这些平台几乎都没有门槛，只要填资料就会放款。为了还钱，洪波同一天申请了两笔1000元的贷款，到手1700元，还掉上一个平台借出的1000元后，他手上只剩700元。

其实现金贷在中国出现的时间并不长。从2014年开始，国外的发薪日贷款模式（一至两周的短期贷款，借款人承诺发薪后即偿还）被带入中国，随着互联网金融的兴起和大数据风控的运用，现金贷在中国开始野蛮生长。

《我国现金贷发展情况报告》也指出，预计有近 200 万现金贷借款人存在多头借贷情况，其中近 50 万借款人一个月内连续在 10 家以上平台借款。

对于借贷人来说，命门是平台手里的"通讯录"。通讯录是借款人在注册借款平台时授权平台读取的。注册很多现金贷平台时，用户都需要提供父母的手机号、紧急联系人的手机号和手机通讯录半年详单，以及自己的手机服务密码。

"这就是用隐私换额度。"网贷行业第三方机构网贷天眼副总裁潘瑾健说，"现金贷平台打着无须征信、秒批、秒放款的宣传语，常常没有风控，或者外包风控，这也使得平台坏账率很高。在高坏账率前，现金贷平台要想活下去，一是靠高利率来覆盖高坏账，二就是靠贷后催收。"

而当贷后催收到了最后一步——爆通讯录，意味着欠债人欠钱的秘密将无所遁形。

洪波的通讯录顺理成章地被爆了。

因为催收疯狂骚扰洪波所在的公司，他被辞退了。洪波重新找了两份工作，还做了 3 份兼职。

这样一来，洪波的心情反而平静了：怕被亲友知道，亲友也知道了；怕失去工作，工作也真的丢了。他觉得无所谓了。现在，他最不能忍受的是催收人员对亲友的辱骂和诅咒。

所有借贷人都梦想着还清欠款，在网贷圈这叫作"上岸"。然而，成功"上岸"并不容易。

为了给负债者找个说话的地方，投资人陈宇领头搭建了一个名叫"网贷债务和解"的微信群。他觉得："因为这点钱把一个人一辈子毁了，太不值了。"

在群里，陈宇和一些创业者、志愿者会给负债者出主意，如有必要，也会给予资金帮扶。

进群的新人，最常问的是"怎么办"，最常说的是"我撑不下去了"。

群友们咒骂着平台的催收，也给彼此加油打气。痛苦和愤怒，绝望与希望，无路可走的迷茫和终会找到出路的坚定，奇异地在群里交织。

有时气氛也变得昂扬。2017年11月22日晚，有群友分享了一张图片，上面写着"23日召开网络小额贷款清理整顿工作会议"。很多人预计，多头借款人和现金贷平台角力的最后时刻即将到来，大多数现金贷平台或将倒闭。

第二天，相关会议确实召开，但并没有公布明确政策。

12月1日下午，银监会相关人士首次对外解读了现金贷整顿的原则：目前已经禁止各地新设互联网小贷机构，并将对存量的现金贷机构和业务进行集中规范、整顿。

到了1日晚上，央行、银监会联手颁布的新规《关于规范整顿"现金贷"业务的通知》正式对外发布，指出各类机构以利率和各种费用形式对借款人收取的综合资金成本应符合最高人民法院关于民间借贷利率的规定，禁止发放或撮合违反法律有关利率规定的贷款。这份新规特别强调，各类机构或委托第三方机构均不得通过暴力、恐吓、侮辱、诽谤、骚扰等方式催收贷款。

在短暂的欢欣鼓舞后，"网贷债务和解"群内的负债者发现，事情并没有马上变好。12月2日早上，有人在群里说，催收人员该怎么催，还是怎么催。

现在，洪波唯一的念头就是：工作，还钱，上岸。他列出的时间表是"3年"，先还金融机构的钱，再还人情债，最后还现金贷平台。跌了这一跤，洪波才知道原来自己可以同时做5份工作。

他还想以后要按揭买一套房子，给一岁半的儿子做个表率——爸爸摔倒了，但还能站起来。如果能"上岸"，洪波发誓："再也不会借钱了，再怎么难都不会了。"

（文中洪波为化名）

（摘自《读者》2018年第4期）

## 小兰高考

黄希好

　　五月，清甜的空气中浮动着春天独特的生机，郊原上的绿草生长得很茂盛，野甸上的杂花完全盛开了。黄昏时的天空柔和地将淡金色的薄纱蒙向地面，玉米田边流淌的溪水白亮亮的，放学的孩子们在石板路上玩闹，脸上都泛着一层毛茸茸的光。小兰穿着嫩绿色的校服，和杨树抽的新枝一个颜色。她和伙伴们连起排来，说笑着往家里走去。金铃悄悄凑近，对小兰说："你还打算去上海读书吗？"小兰听了这话，眼睛定定地看向地面："嗯，我妈叫我去。"金铃其实有意劝她别去，话在嘴里绕了一圈，只是失望地说："我们都舍不得你走。"小兰压着心事，叹了口气也不搭话。转过路口，她就告别同伴向家里走去。

　　她面带忧愁地走进居民楼，慢慢吞吞地爬上楼梯，此时她多么喜爱这长长的楼梯！这新房子是去年姨妈出钱替他们买下的。原来住了十几年的老房子没有楼梯，炉灶和水池就搭在屋外，旁边堆满了锅碗瓢盆、瓶瓶罐罐的油盐酱醋，还有旧鞋、废报纸。想到姨妈，她又觉得难以跟母亲开口，心里泛起飘忽忽的伤感。但等她一站在家门口，她完全清醒了，一刻钟前那些纷乱的想法远去了。她设法鼓舞自己，此刻，她完全变成一个坦坦荡荡的人了。

小兰下了决心走进家门，趁着一股子勇气问："妈妈，我一定要考上海的大学吗？"母亲瞪着她，把脸沉下了，说："这话说过几次了，你得去，将来你会有好的一日。"小兰有些泄气了，又恼烦地小声说："我今天问过金铃了，还有其他同学，他们都留在这里……妈妈，我也可以留下吗？"听到这话，母亲不愿说话了，气闷地咬着嘴唇，随手乱翻桌上的晚报。过了许久，她渐渐平静下来。小兰一点儿也没有发脾气，早就进屋读书去了。母亲把小兰招呼过来，抑制住心里的忧伤，把家里从前的经历向小兰讲述了一遍：她的母亲是从上海插队到农村的，后来嫁给了本地人，生了两个女儿。虽然本来是一家，大女儿——小兰的姨妈却在很小的时候就享受政策回到上海落户，在外祖那里长大。而小女儿——她自己在乡下跟父母一起生活。她年轻时是个很有主意的人，她的母亲劝她去上海读大学、嫁给上海人，她一句也不听，还是嫁给了一个本地男人。偶尔在过节或过年时看到姐姐回来，还客气得跟见到客人似的。

后来她唯一一次去上海看望姐姐，那完全像一个梦中的回忆。她的姐姐请她在思南路吃饭，有外国女人在隔壁桌高声谈笑。她直直地望着人行道上来往的太太小姐们，她们穿着很讲究的时装，撑着花阳伞慢悠悠地走着。上海的街道永远是繁华的，无数的人和汽车挤来挤去，商店和百货大楼的饰窗整晚亮着辉煌的灯光，这些使她成日提心吊胆，住了几天就匆匆回去了。

她自以为安心接受了命运的安排，并不埋怨她的母亲和姐姐，仿佛这是龙王爷发的大水，能够怪谁呢？但这一刻，说着说着，她感到无限心酸，收不住地流泪。她想到她的母亲如何送姐姐去上海，而她的生活比起姐姐的是怎样艰苦，小兰在自己身边长到十八岁，又是多么不容易！她泪流满面，说："小兰，你一定要考到上海！"母亲这一番话，竭力地把自己一生的期盼落在小兰身上。小兰有生以来第一次接受这样沉重的感情,她的心战栗着,庄严地感到自己也是个大人了。于是,她坚定地望着母亲:"妈妈!我一定考上!"父亲在家里常常听这类没有意思的话,面色惨白惨白的。他一早悄悄下了楼,躲开这连哭带吵的声音到街上去了。

小兰高考的时候,学校一早安排了车辆把考生统一送去省里的考点了。于是母亲除了下厨房就无事可忙了,白白地坐着。

没过几天,学校发下来志愿表,家里人怀着急切的心情,终日聚在桌前谈话。起初谈的是上海的哪所大学有名气,哪个专业就业好,后来心里想着分数线也许太高,因而全部推翻,重新把学校选低一个档次。小兰偶尔抬起头东瞧瞧西望望,看样子,她心里早已清楚事情会如何发展。小兰太年轻了,想不到学什么专业,做什么工作,所以家人替她拿主意,她也怀着平常的态度,觉得应当如此。她看见过什么好学校的信息,或者同学提过的,偶尔也会贸然提一句。家里人你一言,我一语,小兰便被批判得没主意了,往往懊恼着反悔,不愿再参与了。大多数时间,她只是坐在旁边,忧烦自己究竟能不能考上上海的大学,倘若考上了,姨妈肯不肯收留自己。又谈了几天话,母亲决定正式填写了,那几天她都庄重地坐在桌子旁边用功。到了第七天,母亲终于把反复商讨后敲定的学校名字一个个仔细地誊写到方框里,竭力把字写得端正。小兰最后上交的表格非常整洁,好像家中并没有因此发生什么纷争,母亲也并没有为此花费多少功夫。

又杳无音信地过了一个月,这天在邮局工作的邻居过来串门,并且告诉母亲似乎有来信。这突如其来的消息把她吓慌了,送走邻居以后,她急忙把女儿驱赶出门去等信。小兰内心忐忑,一步一步挪下楼,去等母亲希望的梦了。这时候,母亲觉得自己被一种情绪催促着,在屋子里踱着步看看这个,摸摸那个,反复地研究旧碗、破锅、茶杯、脸盆,好像生来第一次见到这些东西一样。家里人跟她说话,每个字从她齿间往外挤,好像石头一样生硬,她的心魂都系在女儿身上。她不理家里人,也不烧饭,对什么都全然没有兴趣了。她的工作只有等女儿从街上回来，手上捧着上海发来的大学录取通知书。

　　小城的街巷铺满了夕阳的余晖，有母亲走出门，喊自家孩子回家吃饭。风逐渐不再刮了，街道空旷起来，静得能听见远村的狗吠。邮差的铃子终于在道路的尽头咯噔咯噔地响起，小兰走上土坡，看着自己的命运向她不徐不疾地驶来。

（摘自《读者》2020 年第 18 期）

## 不靠谱的"裙摆指数"
岑 嵘

1954年9月15日的纽约地铁站入口，虽然已是凌晨1点，但仍然挤满了人。玛丽莲·梦露身穿一条特拉维拉设计的白色低开领系带连衣裙，嬉笑着按住被风扬起的裙子，举止性感妖娆。据导演比利·怀尔德说，当时剧组为了谁去掀开那个出风口争得大打出手。

在围观的人群中，有狂热兴奋的梦露的铁杆粉丝，有脸色铁青的梦露的第二任丈夫乔·迪马吉奥（导演比利的原话是："乔的脸色像是死人一样难看"），还有无处不在的经济学家。他们从梦露手掩短裙的妩媚中看到了股市的繁荣。

"裙摆指数（The Hemline Index）"恐怕是最广为人知的大众经济学指数。该指数是由美国人乔治·泰勒提出的，它是指裙摆离地的尺码与股市盛衰成正比，即裙脚越高经济越景气、股市越旺，裙脚着地则预示股市大熊市即将到来，而裙长的变化会比股市大势提前6个月左右。

长久以来，很多大众和学者对此深信不疑，并不断添加内涵。专家们解释道：经济不景气的时候，女性就失去了装扮自己取悦他人的心情，往往选择用长裙把自己包裹起来；相反，在经济繁荣的时候，男人们的注意力就更多地集中到了"审美"上，这时女人就用性感短裙换下"经济冬天"的长裙。纽约大都会博物馆服装馆馆长哈罗德·柯达认为："当人们的心理遇到困境、悲观情绪滋长时，衣服就会朝着保守低调的方向发展，如长袖、高领、长裙。"

这听起来颇有道理，事实果真如此吗？鹿特丹伊拉斯谟大学经济学院的菲利普·汉斯教授一针见血地说："相信裙摆能预测经济，这和伊朗的神职人员相信女性衣着暴露会导致地震一样荒谬。"他研究了权威的法国时尚杂志《L'OFFICIEL》，统计出从1921年到2009年裙子长短的流行趋势和经济之间的关系，发现两者的相关性很差，这表明经济衰退和较长的裙子之间根本没有必然关联。

时装行业的业内人士也对"裙摆指数"不屑一顾。他们认为：服装设计者根本不会去"设置"裙摆的长度，在同一个季节，不同的设计师会展示不同的想法，而普通女性，不过是在家里等着"时尚"告诉她们今年将流行什么。时尚趋势向来都是沿着社会阶梯自上而下流行起来的。

"裙摆指数"理论的另一个致命弱点在于：裙子的流行趋势并没有一个统一标准。在20世纪90年代以前，女性时装大体以巴黎为中心，而今天的情况是，巴黎、纽约、伦敦、米兰及东京各领风骚，该以哪个"中心"的女裙为准，莫衷一是。同是美国，东、西海岸城市流行的裙摆长度可能截然不同。

乔治·泰勒是在1926年提出"裙摆指数"的，当时的泰勒不过是个25岁的小伙子，正在一家乡间小书院教授工商管理学，"裙摆指数"并没有精确全面的统计学分析，很可能是泰勒的即兴之作，目的只是为了吸引大众对他的注意。

泰勒提出该指数的另一个重要理由是，"当经济增长时，女人会穿短裙，因为她们要炫耀里面的长丝袜；当经济不景气时，女人买不起丝袜，只好把裙边放长，来掩饰没有穿长丝袜的窘迫"。当时丝袜既贵还容易破，是大多数女性买不起的奢侈品。到了今天，丝袜早成为普通商品。

"裙摆指数"之所以还会如此流行，恐怕是因为和其他冷冰冰的经济指标相比，这个指数太活色生香。不断会有人告诉你，1947年克里斯汀·迪奥的亮丽裙子，反映了经济的乐观；20世纪50年代玛丽莲·梦露的时代，裙边慢慢开始上升，反映股价稳步上升；80年代中期，辛迪·克劳馥的裙子比任何时候都短，股价达到新的高度……世上还有哪一个经济指数比它更香艳？

在大众经济学指数中，我们还看到了"口红指数""鞋跟指数""长发指数"，这些指数的共同特征就是都和女性有关（口红销路越好、女性头发越短、鞋跟越高，预示着经济越不景气），并都伴有一个有趣的故事。

既然读者喜欢这样的故事，经济学教授和编辑们便不断重复和完善这些故事。至于这些指数到底是否靠谱，我们已无须太在意。当你从大厦的橱窗里看到眼下正流行"拖地长裙配军靴"时，难道你会傻到立马去把股票全部抛出？

（摘自《读者》2013年第5期）

## 商业，让我们越来越善良

周　冲

　　网上购物盛行以后，我 90% 的物品，都选择在网上购买。原因只有一条：电商对诚信的要求更高。

　　我妹说，网上有假货。我承认，是有假货，但假货不分网上网下，实体店里也有。这几乎和空气中存在细菌一样，是不可能完全规避的事实。那为什么还要网购？很简单，因为电商的售假成本更高。

　　一旦卖假货，买家会给差评，在评论中广而告之，这是假货，千万别买。其他买家一见，就会心生警惕，自然，商品就会面临销量下滑。

　　而平台会根据顾客的反馈给商家打分。商家信誉好，就会升级；信誉差，被频频举报，就会面临减分甚至封店的处罚。

　　这样说起来，好像没什么了不起。

　　我得举个简单的例子，才能让纯粹的商业社会所带来的益处更加突出。

　　有一年，我在小城里买了一件衬衫。回家后一看，发现有一件几乎一模一样的，正挂在衣橱里，于是去退货（在网店，7天无理由退换货）。

前后不过两个小时，店主就翻脸不认。吊牌仍在，没穿没洗，就是不退。加钱换一件不同款式的，也不行。

我毫无办法，只有认了。

不久前，我弟在某大型家居商场，高价买了一些装饰用的大理石。付了款，给了样图，几天后，商家发过来一堆次品，纹路不对，尺寸不对，说好配的钢筋也没有。

但是，当你去和商家理论，结果怎么样呢？

对方各种撒谎和耍赖，横竖就是几句话：不退！不可能！你买的就是这种！

我弟首先向商场投诉，得到回应说那是他们店的事，买家付款又没付给商场；打报社的投诉热线，没有任何音讯；打了数次12315，一周之后，分管的部门终于有了回音，不过回复是，他们只有调解的职能，没有执法的职能，也就是说，只能劝一劝，商家不听，他们也没办法。

而商家果然依旧不赔。

试想一下，这事儿如果放在电商平台上呢？

你可能要说，哪儿都是一摊浑水，哪儿都有次品和劣质服务。

但是，我在网上购物已有5年，至今没遇到过这么嚣张的卖家。

我也买过不好的商品，买过不符合要求的服务。但是，每一次，都得到了诚恳的、细致的、人性化的售后服务。

因为这些服务，我一直相信，相比于实体店，电商更贴近人心，更符合时代发展，更有理由发展壮大。

而现实也证实了这一点。

为什么会这样？

我不想过多地论证权力与商业的关系。

我只想说，因为电商比实体经济更自由——权力的控制更少、市场的自主性更大、交换的规则更平等、选择更加多元。

于是，它的运转，会最大限度地实现利他，达成双赢，达成正和博弈。所以，人人都能在市场中得到想要的东西，获得满意的体验。

有一句名言是这样说的："一旦意识到精明和诚实是成功的必要条件，商人就会远离罪恶。"

因为，商人不会跟钱过不去。

比如说：如果卖注水牛肉，商人就会破产；卖货真价实的牛肉，就会赢得信任，获得成功。

那么，他就会一直卖真牛肉，并且还会想方设法提供更新鲜、更优质的肉。

但如果，隔壁的阿毛因为他表叔是个县长，于是，他卖的注水牛肉被强制派发到各单位食堂。他因此获取了比其他商家更高的利润，甚至被人告发了，也没有受到任何惩罚。那么，市场秩序就会被破坏。

其他卖肉的，就会想出更隐蔽、更巧妙的鬼点子，攀附各种关系，来获取同等甚至更高的利润。

这样一来，权力寻租就会发生。罪恶遍地开花，无处不在。

斯蒂芬·平克有一本书，叫《人性中的善良天使》。他的观点很鲜明：商业，使得人类社会的暴力总量越来越少。用安·兰德的话来解释，即没有交换的地方，罪恶就等在那里。

中国人过去一直有种轻视商业、鄙视商人的传统，但现在，我得告诉你们，商业从不可耻。恰恰相反，文明、自由与和平，在很多情况下是由它带来的。

试想，没有出版商，我们如何读书？没有网络经销商，我们如何上网？

没有服装厂家、餐馆老板、汽车商、化妆品经销商、航空公司、电商……我们如何过上舒适自由的生活？

忽然又想到一件事。

两辆车撞上了，两个车主冲下来，红着眼睛开始对骂，然后开打，一个被打了不服气，再叫一帮人来打……如此一来，暴力行为就会越来越多。

如果其中一个人拿出一把钱，说："主要责任在我，你要多少钱？"然后两人讨价还价，最后成交，暴力行为就会停止。

而商业社会又考虑到出钱人内心的委屈和经济负担，马上推出车险，告诉车主们：亲，你担心吗？你委屈吗？你没有安全感吗？没关系，只要买我们的保险，以后车子出了任何问题，都由我们来负责。

这样一来，会发生什么变化呢？

奔驰和宝马在路上撞了，司机下来，打个电话，拍个照，连狠话都不用说，"大招"也不用放，就可以挥挥手，和平友好地分开了。

这种和平，是由什么带来的？

无他，就是商业。

商业的本质，就是共情，就是契约，就是交换。

这三者，都需要共同的东西——公平。

因此，一个自由的市场，必然迫使人们在平等互惠的基础上，培养出换位思考的客体思维。想他人之所想，急他人之所急，进而强化感同身受的移情能力。于是，人与人，都能最大限度地替他人着想，远离暴力，赢得和谐。

这也就不难理解，为什么越贫穷的地方，犯罪率越高；越落后的国家，战争越频繁。

康德提出过永久和平的三大条件，其中首条就是自由贸易。

贸易越自由，合法的选择越有吸引力，正和博弈就越盛行。商业利益越高，人们就越不愿意去犯罪。

因为，交换就能获得我想要的，我干吗要拼命呢？不值得。

(摘自《读者》2017年第9期)

## 市场的真相

叶 檀

有些东西涨价在我们的意料之中，比如说上海的房子，比如说情人节的玫瑰花，但是有些东西的涨价却出乎所有人的意料。似乎在突然之间，所有的生活用品都走上了涨价的通道，比如猪肉的价格在短短两年里就翻了一番。为什么我们的生活成本越来越高？哪些因素抬高了我们的生活成本？各种涨价什么时候才会结束呢？这一系列的问题困扰着社会中的每一个人。我们每个人都如此真实地感受着通货膨胀给我们带来的生活压力。可是，当我们看到统计局的数据时，却会发现这些数据实在与我们的切身感受有着天壤之别。

为什么我们对于通胀的感受和统计局统计的结果有如此大的偏差？面对统计局的"离奇数据"，我们都会很直观地认为统计局有问题。但是，我们是否意识到了：我们对降价的东西其实并不敏感。比如电子产品一直在降价，十年前，买一台彩电要上万块，而现在呢，可能只需要几千块；十年前，一辆桑塔纳汽车是十多万，而现在只需要几万块。除此之外，还有一些大家容易忽略的方面，比如两年前一部三千块钱的手机，现在可能跌到了几百块钱，但是如果我们要买一部手机，可能还是会去买两三千块钱的手机，而不是这个只需几百块就能买到的手机。

因此，CPI是一个全面的事情。为什么有人感觉在涨价，有人感觉在跌价，这说明市场真正的面目是有涨有跌，以涨为主，跌的比重稍微低一点。另外，不同的人可能对涨跌的感受也不一样。比如说，工薪阶层的大部分消费集中在吃和住，所以他们感觉到物价上涨得特别厉害。但是对于高收入人群来说，吃住并不是他们的主要开销。所以，生活用品的涨价对低收入阶层的人冲击最大。

虽然菜价涨未必全部是农民赚了，但是菜价不涨，农民肯定不可能多赚。物价上涨，实际上是社会对财富的一次重新分配。有些农民不愿意出来打工，是因为他们在家里种菜的收入也不错。因此，农民的收入增加，就必然带动用工价格的上涨，只有用工价格上涨，工厂才能招到工人。从这个角度来看，生活必需品的涨价对农民是有好处的。但是，对生活在城市里的那些低收入人群来说，他们的生活成本就相对提高了。

2012年，天涯社区有一条关于"80后春节回家要带多少钱才够"的帖子，点击率超过了三十万次。楼主列出了自己春节的账单，并称"没有万元难过节"，引来了众多网友的跟帖。在近两千条的回复中，许多年轻人纷纷晒出了自己的春节账单，吐槽"过不起年"。与此同时，还有的网站发起了春节开销的网上调查，让网民在网上晒晒过年的开销以及幸福感。调查结果显示，超过三成的网民开销超过了五千元，两成的网民感到没有幸福感，近半的网民认为压力来源于开销过大。

通常大家说的"通胀"实质上是指物价水平的上涨，而价格的上涨实质上是结构性上涨。我们能看到现在的价格上涨是两头的价格上涨，一头是上游的资源类价格上涨，比如说煤炭、石油等，一头是下游的终端商品价格上涨，特别是一些生活必需品价格的上涨。

　　从历史的角度来讲，价格上涨是一种必然。目前的物价上涨是资源涨价拉动的通胀，与工资上涨拉动的通胀，完全不同。只要资源稀缺，那么通胀就是不可避免的。因为资源稀缺，资源的价格就要上涨，上游成本上升，随之传递到中游，然后再到下游，最后导致了终端消费品的价格上升。

　　当然，物价的上涨也有一个临界点。如果涨价的幅度超过了这个临界点，一般的消费品可能就会变成奢侈品。比如现在猪肉的价格还是大家可承受的，大家天天都可以吃肉，如果猪肉涨价幅度超过了一定量，大家吃不起肉了，天天吃肉变成只能一个星期吃一次，最后变成一个月吃一次，那个时候恐怕就会出现大问题。

(摘自《读者》2013年第24期)

## 《项链》里的悲悯心

时寒冰

国人常说,旁观者清。我读书的经验是,旁观者未必清。有悲悯心,才能真正做到清,才能真正洞悉真相,领略到知识之美。

我曾以莫泊桑的小说《项链》为例,让孩子感受带着悲悯心读书的境界之美。

《项链》的大致内容是:生长在小职员家庭里的玛蒂尔德,总觉得自己本是为了享受豪华生活而生的,但命运安排她嫁给了一个小科员罗瓦赛尔,她不住地感到痛苦。有一次,她和丈夫获邀参加部长举办的舞会。玛蒂尔德向自己的朋友、身为贵妇人的佛来思节夫人借了一条项链。舞会上,玛蒂尔德成为光彩夺目的焦点,但不慎在舞会后丢失了项链。玛蒂尔德赔偿给朋友一条昂贵的项链,但她不得不为此借高利贷,葬送了十年的青春。当她还清欠款后,佛来思节夫人却告诉她那条项链"是假的,顶多值500法郎"。

上学的时候,老师对我们说,《项链》是讽刺虚荣心和拜金主义的作品，写资本主义社会人们为了出风头，结果弄巧成拙，最后自食其果，揭露了他们可怜兮兮的虚荣心和灵魂极度空虚的精神世界。

因为这种教育，我们看人、看事的时候容易偏激，既缺乏对基本事实的鉴别，也缺乏起码的悲悯之心。

最起码，我们忽略了文中可贵的诚信：玛蒂尔德在弄丢项链之后，没有赖账——她借项链的时候没有打借条，甚至没有第三人在场，但她以十年艰辛偿还了"负债"，这是非常可贵的诚信。而佛来思节夫人知道自己得到的是一条价值昂贵的真项链之后，坦率地说她原来那条项链"是假的，顶多值500法郎"。佛来思节夫人没有因为自己得了这么大一个便宜就沾沾自喜，昧着良心装糊涂，而是马上告诉了玛蒂尔德真相。

佛来思节夫人表现出来的悲悯之心，与所谓"揭露了他们可怜兮兮的虚荣心和灵魂极度空虚的精神世界"放在一起，不是反差太大了吗？

是的，因为缺乏同情和悲悯之心，我们遗忘了温情和人性的东西，只记住了嘲弄和挖苦，该汲取的营养没有汲取，反而把糟粕留在了记忆深处。这种错误的教育理念带给了我们错误的思维方式，以至于很多人到老都保持着非黑即白的极端思维模式。

其实，玛蒂尔德向往高雅和奢华的生活并不可耻，漂亮的珠宝、衣服，所有的女人都喜欢。她的错误在于过度沉浸在空想、虚荣等不良情绪中，并不通过积极的行动去改变。玛蒂尔德为偿还项链所做的努力说明，她是能够吃苦、打拼的人。假如她正视自己的生活——她有替她做琐碎家事的小女仆，有真诚待她的朋友佛来思节夫人，还拥有深爱她的丈夫罗瓦赛尔——应该就不会感到痛苦。

当玛蒂尔德提出需要好的衣服参加舞会时，尽管罗瓦赛尔"脸色有点发白"，但还是很快放弃了自己买枪打猎的计划，把积攒的钱全部交给妻子去做衣服。罗瓦赛尔是一个深爱妻子，对妻子始终不离不弃，敢于承担责任的男人。在项链丢失后，他白天工作，夜里还要打小工，常常替别人抄写，而不是选择离婚。十年的坚持,把一个好男人的形象充分展现了出来。

玛蒂尔德并非天生命苦,她错在一直等待命运的安排,在迫不得已的情况下,才去改变命运。但经历了十年磨难之后,玛蒂尔德已经成为一个坚强的女人。面对佛来思节夫人的诧异,她没有自卑,没有痛苦,没有嫉妒,而是平静地说:"我是玛蒂尔德·罗瓦赛尔。"这一刻,可谓凤凰涅槃。玛蒂尔德不再是那个沉浸在幻想、虚荣中的女人,而是一个坚强、勇敢、成熟、自信的女人。玛蒂尔德找回了自我——人本来就应该如此:自信、勇敢、坚强,为内在的自己而快乐!

我还要跟孩子说,就像这篇小说中的人一样,人都是有多面性的,有优点、有缺点。即便像玛蒂尔德那样爱慕虚荣的人,原本也是一个美丽而充满活力的人。所以,永远不要苛求别人,也不要苛求自己,要带着悲悯之心去看每一个人。

更重要的是,不要以为有了知名度,有了地位、金钱、影响力就算成功了,真正的成功是基于自己内心的平静和快乐。

(摘自《读者》2015 年第 17 期,有删节)

## 随份子：人情变成人情债

王 蓓

礼金，也叫份子钱，古已有之。曾经，亲朋好友为了表达祝福、营造热闹红火的气氛，在一起"凑份子"——随礼金、送物品，寓意"众人拾柴火焰高"。钱、物不在多少，送去一份祝福才是目的。

不知从什么时候起，"份子钱"变了味儿。名目越来越繁多的"随份子"和以"份子钱"的多寡来衡量关系亲疏远近的行为，让无数人直呼曾经寓意美好的"人情"变成了"猛于虎"的"人情债"。一张张大红的请柬，变成了人们口中避之不及的红色"罚单"、红色"炸弹"。

今年"五一"前夕，合肥市的孙先生，接到广州久未联系的老同学打来的电话，说要结婚，邀请孙先生参加婚礼。孙先生表示自己不能去后，同学说会将银行账号发过来，孙先生可将礼金汇到此账户上，表示"人不到礼要到"。

此事件一经报道，立刻引来无数网友"吐槽"。

当节日变成"劫"日，人们面对手中一沓沓红色"罚单"，先是摇头叹息,然后在心里盘算关系亲疏,决定随多少份子,最后"恶狠狠地发誓一定要赚回来"。价格年年攀升的"罚单"带给我们什么?

## "裸奔"的礼金

重重地滑开手机屏幕,对照着十几条请柬短信,李小姐刚刚从银行取出的 5000 元钱,迅速被面前的十几个"红包""吞"掉。

27 岁的李小姐在合肥市某事业单位工作不到五年,月工资扣除杂七杂八的钱,每个月到手 3000 元出头。

"有时候好不容易攒下点钱,准备买件自己喜欢的衣服、化妆品什么的,一条短信发来,就只能跟自己喜欢的东西说'拜拜'了。"

"都是同学、同事的,"李小姐说,"有些同学在外地,但是短信发来了,该随的礼还得随。人家说来不了礼金就不要了,那是客气,真不随礼,都是同学,传出去多难听。少包一点,就当堵住嘴了。"

"至于这些同事的,那肯定都得随啊,抬头不见低头见的。过去也有同事舍不得花钱,装聋作哑,后来她'小气'的名声很快就传开了,在单位的一次跟升职有关的民意测评中,她得分最低。虽然不能说这样的结果跟那些礼金有直接的关系,但是,何必因小失大呢?还是要通人情世故。"

近年来,随着物价的上涨、风气的恶性循环,礼金水涨船高。

现在的礼金其实更多是体现了一种社会功能,它更像是人际交往的工具。人们各自打着心里的一把算盘,厌恶着、算计着,试图逃开却又难以逃开。送出礼金的同时综合考虑多方因素,也在筹谋着找寻机会把送出去的钱再赚回来。

而在这样赤裸裸的算计背后,送出的礼金里究竟还能包含多少真诚的祝福?

## 被绑架的情谊

其实，如果不是这些从 5 月 1 日到 3 日安排得满满的婚宴、满月酒，白先生原本的计划是，趁着这个天气晴好的假期，带着爱人和儿子，到城市周边找个山清水秀的地方，爬爬山、看看景、呼吸一下大自然的新鲜空气，放松休息一下。"一方面，这么多钱出去了，人再不去，就好像把钱扔水里都没听着响声的感觉，心理上觉得亏；另一方面，遇到讲究的，只见钱不见人，对方会觉得敷衍。另外，还有的是单位领导发的请柬，不光礼金不能少，人也必须得去捧场，否则领导会多想。"白先生掰着指头，意味深长地说，"说白了，就是被情谊和面子绑架了。"

刚刚在合肥办完婚礼，在五一期间还要到男方和女方的家乡各办一场婚礼的张栎（化名）和小玫夫妇，面对记者的采访，一肚子的"苦水"顷刻间宣泄出来。

"其实，我们特别想旅行结婚，不摆酒席，不办婚礼，不收礼金。"这对出生于 1986 年的新婚夫妻，在背包旅行途中相识、相知、相爱。夫妻俩早就计划好了，要趁着蜜月出去玩一个月，也给自己的情感经历再加上一段难忘的甜蜜回忆。

可是计划总是赶不上变化。年初，双方父母和夫妻二人各自的一场长谈，最终让夫妻俩放弃了原本的计划。

张栎和小玫都是家里的"独苗"，老家分别在皖北和皖南的小县城，双方父母都在机关单位工作，收入不高，但是人情往来不少。长谈中，面对儿子对旅行结婚的坚持，张栎的父母最终从抽屉里拿出一个红壳笔记本。"上面全是他们这些年参加同事、朋友红白喜事的'出账'记录，密密麻麻十几页，总数有八九万元。这在我们那个小县城，可不是个小数字。"

"既然要办了，也不在乎再在合肥多办一场了，工作几年，也送出去不少礼金了。"张栎说。终究还是不能免俗,可是,从给朋友打电话通知婚讯时对方语气上的微妙变化,他明显感觉到朋友们对于这张多出的"罚单",并不乐意。

"感觉它更像一张存折,我存在你那600元,绝不白存,改天还要取出来,另外,你还要附上利息。"事实上,张栎夫妻对这种"没有什么情谊可言的礼金来往"深恶痛绝,可是,"谁会愿意成为这个利益链条上的最后一环?咱们愿意,父母也绝不可能答应"。

在这样的安排下,张栎夫妻在"奔波劳碌、强装笑脸"中度过了三天假期。

在网站上以"礼金""人情""份子钱"作为关键词进行搜索,便可见网友无一例外都在"吐槽"。

一位名叫"依米花"的网友,对自己的收支情况进行统计后发现,"光随礼一项就占了收入的1/4"。"较之以往,现在要随礼的事儿名目太多。除了娶妻嫁女、老人过世外,盖房搭屋、子女考学、商店开业、老人大寿……都要摆酒席。现在农村,儿子订婚要随礼,儿子结婚要随礼,儿子生了孩子要随礼,儿子买楼还要随礼。更有甚者,盖个猪圈、鸡舍也要随礼。"

某企业职员王先生感叹:"目前,人情消费已成为继住房、教育和医疗之外,压在人们身上的新一座'大山'了!"

## 礼金都去哪儿了

如此数额庞大的人情往来,看似主人可以通过一场酒席赚得盆满钵满,然而在现实中,礼金的收取者也难展笑颜。

在合肥市近郊,今年年初刚把儿媳妇娶进门的老李夫妻,掰着指头跟记者算完细账,接着说:"到最后,礼金几乎全部用在了婚宴上。"婚礼仪式和租用花车等各种费用加在一起,光这场婚礼,老李家投入超过10万元。

"如果没有礼金，实在是难以负担的一笔庞大开支。"

事实上，这些礼金也并不能安稳地躺在老李家的"账面"上。"这些都是'长腿'的钱。"老李说，"人情往来是一张理不清且没有终点的网，你家娶媳妇，人家来随了礼，将来别人家娶媳妇、嫁女儿、抱孙子，你不光得还礼，还得在那个钱数的基础上再加点。"

但是，在吃了无数场酒席的陈阿姨眼里，"这些循环往复的人情往来，最终得利的，还是酒店"。

情况真是如此吗？当记者问起一桌酒席的制作成本是否远远高于其报价时，一名酒店营销经理指着不远处正在清理的婚宴现场，无奈地说："我们也是按照消费者的要求，用料高档，分量足。"

记者看到一张10人座的圆桌上，大大小小的盘碟，垒起来足足有三层，每一盘菜都剩了一半以上，有的菜甚至丝毫未动。

在一声声无奈的叹息背后，大家都在问："高额礼金到底去哪儿了呢？"

(摘自《读者》2014年第14期)

## 信息时代的睹物怀人

陈轶男

不久前，一封言辞恳切的公开信传遍网络。写信人是浙江台州的王女士，她家中失窃，亡夫的手机和电脑也在被盗之列。她向小偷致信，表示不会追究现金等财物的去向，只求对方将手机和电脑中的文件拷到 U 盘里归还。那里面有她丈夫的照片、工作资料，有"他为之奉献过的青春、汗水和心血"，也是 5 岁女儿接近和了解爸爸的途径。

"对我们来说，您拿走的不是普通的物品，而是我们一家人的灵魂安息所在。"令人稍感宽慰的是，警方很快破案，物品归还原主。

类似的新闻并不少见，有人焦急地搜寻存有儿子生前录音的手机，有人买了好多块电池给亡母的旧手机续航。对事件中的人们来说，电子产品本身的价值并不重要，它们作为载体所储存的信息数据才意义重大。

被这类故事打动时，我常常羡慕当下这种在高科技加持下对人对事的珍藏与怀念方式。

我未曾见过我爷爷，却随着年岁增长而愈发渴望走近他。这位农村老人没能赶上信息技术时代，20世纪80年代他病逝时，距离家里买得起胶片照相机还有好几年。

我爷爷没留下一张照片，挚爱的大烟枪伴他入了土。牛角烟盒传到我手里，构成了独孙女对他的唯一了解——抽烟。

我再也找不到更多爷爷的遗物了。他种过的地荒了，拉过的板车坏了，磨过麻油的石磨盘歪在院子一角，手写的账本可能在我小时候被我给撕了。再后来，他生活过的村庄拆迁了。

我懊恼自己年幼时不懂事，换作如今的我，即便是从爷爷家的鸡圈刨出来的碎纸片，我也会当成宝贝。就像是新闻里那些被悬赏的旧款笔记本电脑和被小心收藏的手机，东西不一定值钱，只要是亲人触碰过的，于自己就是一种精神寄托与念想。

从我爸和我姑姑的回忆里，我挖掘出爷爷干净的手巾、平整的衣角、隽秀的字迹、给奶奶买的时兴布料和给孩子做的炸糖糕。他还有一个油光锃亮的钱盒子，姐弟几个全都偷摸过毛票买花生米吃。关于爷爷的外貌，他们却无法为我描画清楚——大脑门儿、长脸，这是张根本拼不完整的图。

"你爷爷长得特别像一个广告里的演员！"我姑说。当我准备上网查询时，她却想不起来是什么广告了。

面对已经50多岁的我爹和我姑，我能说什么呢？会衰老退化的人脑真是太不靠谱了。

电脑、手机之类的电子产品就不一样了，只要加以维修保养或者做好资料备份，照片和视频可以永远清晰如初。在网络时代，智能设备的作用远远不止于保存那些音容笑貌。

如果我的爷爷今天还活着，哪怕他的手机石化、硬盘损坏，我也能在他的美食应用里找到他发布的炸糖糕秘方，传承他的手艺，还原家的味道。他的博客也许写有心路日志《艰难养育6个子女，夫妻如何保持恩爱不吵架》，或者《用故意敞开的钱包解决吱哇乱叫的孩子》。点进我爷爷的短视频 App 账号，里面也许还有他练字的独家教程，以及我爸当年挨揍的直播。

漂浮在网络世界的应用数据，可以全方位记录使用者的生活，让时间或空间不赶巧的亲人朋友不用遗憾错过。

只是这种重逢也不是随便就能实现的。早在 14 年前，一名美国海军陆战队队员的遗属就遇到了麻烦。年轻的贾斯汀·埃尔斯沃斯在伊拉克执行任务时遇难，父亲在整理遗物时，希望获得儿子在雅虎邮箱中的邮件作为纪念，但被雅虎公司拒绝。原因是，雅虎承诺对用户的账户活动情况保密，"即便是在他们去世后"。不仅如此，如果邮箱 90 天未使用，雅虎将删除这个账号。贾斯汀的父亲只好将雅虎公司告上法庭，这成为美国数字遗产纠纷的第一案。

在中国也发生过类似争端。2011 年，一位徐先生遭遇车祸殒命，他的 QQ 邮箱保存了大量照片和与妻子的信件。面对徐先生妻子打开亡夫邮箱的请求，腾讯同样没有松口。

事关用户生前的隐私，数据遗产继承的问题迟迟难有结论。我国目前施行的法律条文只是明确了互联网数据权和虚拟财产权都属于民事权利的一部分，对于网络遗产继承，还没有系统规范的相关立法。

这真是一个两难的选择。无论我多么好奇和想念，我爷爷也许有很多东西并不想被未曾谋面的孙女窥探。

我曾在网上看到一个悲剧。发帖人在感情深厚的丈夫意外身亡后常常翻看他手机中的照片和视频怀念爱人，直到有一天她点开了手机里的交友软件，看到丈夫与陌生女人暧昧聊天的消息。

假设有一天我走了，我身后会遗留 5 个微博小号、跨越几十年的朋友圈、一个云笔记账号、一个谷歌相册和一个快要爆满的云盘。这里面埋伏着我为检查自身减肥效果的半裸自拍、与旧爱藕断丝连的聊天截图、吵架后对男友的抱怨……对我的家人来说，它们可能既是念想又是负担。

我并不想让孙辈看到我跟不是他们爷爷的男人亲吻的照片，但又舍不得让他们忘掉奶奶当年的风采。

　　好在各大互联网公司都在为我想点子。从2015年起，社交网站"脸书"的用户可以设置账号在自己死后注销，也可以选定一个代理人，负责打理自己去世后的"纪念化"账号。代理人无法登录进入逝者的账号，没法看到该账号的任何站内信息，但是可以进行更换封面等操作，以供亲友悼念留言。新浪微博允许逝者的亲属接管微博账号，还会对账户进行防盗号保护。有人创建了网络遗产托管业务，用户可以把网上账户的密码提前保存在这里，在他们去世后，这些密码会被提交给事先指定的"继承人"。

　　在万全之策问世之前，我还是准备早做打算，在各种存储介质中保留我年轻貌美的照片，删除黑历史。最重要的是，我要录制一些真情告白视频，要用尽全力给家人和未来的家人写日志。

　　毕竟我记得，自小把玩爷爷的烟盒，我总期望从诸如盒盖背面之类的地方发现什么隐秘的刻字。我的爷爷没能留给我只言片语，这是我和他之间永远的遗憾。

（摘自《读者》2018年第16期）

## 涨工资与幸福感
徐 贲

任何一个头脑清醒的人都知道，涨工资一般是发生在物价上涨之后的。如果涨工资增进幸福感，那么物价上涨就是破坏幸福感。网上有人写道："昨天去西单地下广场的那个豆花庄吃小吃，以前 10 块钱一碗的凉面竟然涨到了 13 块钱一碗，鸭血粉丝汤也涨到了 7 块钱一碗，可是那量却一点也没多。我旁边一个满头华发的老太太端着一碗豆花喃喃自语，怎么什么都涨价啊，前儿吃还 7 块钱呢。"

首先，谁涨了工资便意味着他的购买力得到提高，购买力与满足人的基本欲望直接相关。满足欲望正是一般人对"幸福"最本能的理解。这种推理带给人的其实是一种无奈的幸福幻觉。由于公共信息的缺失，一般老百姓很难弄清涨工资和涨物价之间真正的消长关系。

其次，谁涨了工资都会觉得自己有"运气"，而这种感觉比多买一碗凉面或鸭血粉丝汤更能让人觉得幸福。心理学家考斯米德斯和托比指出，"幸福来自某种意外的好事"。涨工资便是这样一种被视为"运气"的意外的好事。涨工资并非人人都涨或一样地涨，有的人涨，有的人不涨，有的涨得多，有的涨得少。这是有幸涨工资者觉得幸福的一个主要原因。"运气好"不只是自己觉得幸运，还会受到别人的羡慕。

心理学家列尔里说，"受到别人羡慕和赞扬特别能让人觉得幸福"。20世纪70年代，在工资长期停滞后涨工资，幅度比现在小得多，每个月涨5块钱就不得了了。然而，这区区5块钱却足以让人挤破头地去争。涨了工资的会觉得非常骄傲、光荣，在别人的羡慕和妒忌中享受到一种幸福感和优越感。

但是这种幸福感是极为脆弱的，并不能持久。那往往不过是一种"比下有余"的暂时的心理满足，因为它随时都在被"比上不足"的不幸福感所抵消。

就算是大家羡慕的公务员，工资涨在别人前面，但与某些"国企"人士一比（更不要说富豪大款们了），便觉得自己十分寒碜和委屈。他们仍然属于那些不能不为大蒜、大葱、凉面、豆花和猪肉涨价操心的人群。

涨工资的幸福感是收入带来的幸福感的一个部分。许多研究都发现，对于幸福感来说，收入是一个相对的因素。当人的生活基本欲望得到满足，且有了相当程度的保证时，收入对于幸福感的提高作用就会大大减弱。人们常说的"钱买不来幸福"就是针对这种情况说的（当然也有那种钱越多越贪婪的变态的幸福）。那些因涨工资而觉得幸福的绝大多数人，他们的基本欲望满足还没有达到"钱买不来幸福"的程度。对他们来说，收入的多少会直接影响他们的生活需要，柴米油盐、子女的教育、医疗、房贷，等等。因此无论他们自己觉得如何幸福，他们其实并不生活在哪怕还只是物质性的幸福之中。

美国的"加图研究所"有一项研究指出，不能孤立地看待经济收入与幸福的关系，必须同时考虑到大的制度环境。"社会公正"要比只是"碰运气"的涨工资更能带来具有普遍意义、真实意义的幸福感。该研究还指出，前东欧国家人民的收入在当时不能算低，但人民的幸福感却比不上一些虽然贫穷但却相对政治自由、人民可以批评不公正分配制度的国家。

哈佛大学教授、经济学家格里萨尔指出，幸福是包含价值目标的，因此，人们追求幸福的行为有时会显得是在降低自己的幸福。例如，有人觉得把钱花在别人身上比花在自己身上来得幸福（慈善捐款便是如此）。这种幸福是一种独立、自由选择的幸福。自由是幸福不可或缺的条件，不只是支配收入和金钱的自由，还包括运用政治、社会和文化权利的自由。

注重价值观是"德行伦理"思考幸福的特点。幸福不只是感到满足或快乐的情绪，更是一种关于"好生活"的理念。

好生活的"好"是用"幸福"这个概念来表述的，亚里士多德觉得幸福或者好生活不是一种静止的状态，而是一种进行中的生活方式，一种以德行为目的的行为，"幸福是一种完全合乎德行的现实活动"。许多人"以生活享受为满足"，更有许多人过着一种"明显奴性的生活，然而，却显得很是幸福"。

20世纪后期出现了一些对幸福进行计量统计的"幸福经济学"。例如，有的用一个国家的国内生产总值（GDP）和国民生产总值（GNP）作为指标，发现虽然富国比穷国的幸福度要高，但当人均值达到1.5万美元后，平均收入对个人的主观幸福感便几乎不再发生影响。中国人均收入远低于这个水平（至少对普通老百姓是如此），这成为涨工资特别能提升幸福感的一个原因。在收入之外，还有许多影响人们幸福感的因素，如免于焦虑和恐惧，人身、未来或食品安全有保障，有干净的环境、良好的医疗条件，政治权利、社会福利得到保障，等等。当人们感觉到这些因素不在自己的掌控之中，成为只是可望而不可即的东西时，涨工资便成为唯一看得见、摸得着的"现实惠"。于是，它提升幸福感的作用也就带有讽刺性地，表现得特别明显和重要了。

（摘自《读者》2014年第21期）

## 知识能解决"中产焦虑"吗

唐 昊

我们一直对知识有着严重功利化的认知。历史上,老百姓向来尊敬读书人,甚至对读书的工具也连带尊敬起来,比如"敬惜字纸"说的是,写了字的纸不能随便丢弃,要隆重地烧掉。但究其原因,人们真正尊敬的并不是读书人,也不是知识本身,而是读书人做官的机会——在"学而优则仕"的体制下,一个读了书的农民子弟可以"朝为田舍郎,暮登天子堂"。人们对读书人的敬意,不过是权力崇拜的延伸罢了。

这也不可避免地让人想到,如果有一天,读书不能使人做官,那么人们还会尊敬读书人,还会像"敬惜字纸"那般尊重知识吗?

今天看来,答案是肯定的。因为今天的学习虽然不能使人做官,却会带来财富。不要说职场上收入和学历多半是成正比的,就说这几年风口创业的成功者,大多数也都有高学历背景。知识创造财富的现象如此普遍,以至于人们宣称这是一个知识经济的时代。

那么下一个问题就来了：如果知识既不能带来权力，也不能带来财富，还会有人爱知识吗？

答案仍然是肯定的。因为知识还可以治疗恐慌。在上一轮知识变现的风口上，知识服务商和运营商成功地把"中产焦虑"转化为"知识恐慌"，让中产阶层相信，知识仍然可以维系住他们的地位，他们可以通过学习获得基本的安全感。

在这里，用知识解决焦虑的原理，并不在于知识有什么用，而是把自己无法控制的事情（中产地位脆弱）转化成自己可以控制的事情（强化学习），从而把不可解的焦虑转化为可以控制和把握的恐慌。最重要的也不是学到了什么，而是用学习填满自己的时间，让自己感到充实，就没有时间去恐慌了。

知识的力量是有边界的。

## 根源来自外界，并非自己不努力

不同的中产有不同的焦虑。按照导致焦虑的压力来源和性质，大致上可以分为四类：政策性焦虑、职业性焦虑、经济性焦虑、亲密关系焦虑。

通过自我奋斗而上升到一定地位的中产，其实向下滑落特别容易。中国社会有一个"上车论"，也叫"老人老办法，新人新办法"。比如分房，十几年前分上房的人就算是上了车，没分上房的人就沦入另一个阶层；比如评职称，早早评上教授的就上了车，新人则面临着更苛刻的条件或者根本就没有位置；再比如买房、编制、养老、医保、教育，都存在"上车"的情况。我们知道，这些政策影响的对象就是体制内中产，所以这个阶层很容易形成一种政策性焦虑。永远不知道"车"来了没有，一旦错过"上车"，就沦入更低的阶层。

至于体制外中产，也受到政策性焦虑的影响。如买房也是一种"上车"，当初政策宽松的时候买了房的人，面对因各种限购政策无法出手的人群，还是有相当的优越感。

不过，体制外的中产感受更多的则是职业性焦虑。职场如战场，不进则退，不能升职或可能被迫离职的压力始终存在。传统的中产劳动岗位现在受到资本投向、新人技能、人工智能等各方面的冲击，金融领域的许多岗位已经消失或被人工智能取代。许多职场人士不断学习、充电，正是因为感受到这种危机的存在。

中国科学院心理研究所曾根据对3万多名不同职业人群的调查数据统计分析，列出了一个"职业压力排行榜"，发现中层管理人员的压力指数高居榜首。压力排行榜是这样的：管理中层80分，经理层75分，教职员工75分——中产阶层都在高分区。至于非中产阶层人群，如下岗人员为68分，矿工为60分，一般工人为59分——普遍比中产压力小。这是因为中层的职位压力更大，可替代性更强，竞争也更激烈。

职位也意味着一种人生价值评定。在一个等级观念严重的社会里，职业性焦虑不但会被竞争压力所刺激，而且会被对未来的期待所放大。

### 经济性焦虑和亲密关系焦虑

另外一重焦虑则是经济上的。中产的标配生活有四大成本是绕不过的：买房、子女教育、医疗和养老。现代人普遍感受经济压力在最近几年突然增大，是因为财富分配的主要方式从按生产劳动分配，变成了按资本分配，而脑力劳动者的报酬增长相对不快，房价猛涨远超工资水平，资本大鳄进军制造企业，都是这种分配方式变化的体现。

中产人群中不少已经步入中年，要负担家庭的各种开支，花钱的项目与日俱增。除了房价快速攀升外，各种商品的价格均有不小的涨幅。在城乡居民储蓄目的调查中，子女教育费用被排在第一位，超过养老与医疗。对子女教育的重视，也是为了让子女的社会地位不向下滑落。只不过这种努力有时会变成一种嘲讽：中产最看重学区房，是因为这能让子女享受更好的教育，但现实是，清华、北大的毕业生也可能买不起学区房。

同时，中产的财富保持体系也具有相当的脆弱性。面对财富的缩水，比起被拆迁的农民，中产也未见得有更好的办法来保持财富。财富获得不易，失去却容易，这不能不让财富的所有者焦虑万分。

但最容易让中产陷入沮丧的，恐怕还是亲密关系领域的变化。社会环境变化太快，情感也随之脆弱而易变。都市中成功男性和职业女性的离婚率上升，家庭关系冷漠也不鲜见。本该由家庭承担的缓解压力的角色，现在无人承担。亲密关系无法给焦虑的人生提供必要的情感支持，反过来又可能成为焦虑的来源。

无论是政策性焦虑、职业性焦虑、经济性焦虑，还是亲密关系焦虑，都是因外界的刺激而产生的。既然中产焦虑的真正根源在于外界，而不是内心，那么解决中产焦虑的良方就应该是改变这个外在环境。但恰恰是在这个方向上，现实中的中产却缺乏改变现实环境的勇气、耐心和想象力，只好缩回到"改变自己"的龟壳中。

当然，改变自己也还是有用的。在一个具有诸多不确定因素的环境中，你的自我提升虽然不可能改变环境，但你只要比你的同伴跑得快就行了。

在压力固化的体系中，学习知识、提升自我的重要性，不再是改变世界，而是让你能够跑赢同伴。在这种"鸡贼"的想法下，人们认为自己为改变环境也做了很多，但其实他们什么也没做。

## 走出中产自恋

实际上，类似的中产焦虑在历史上也出现过。

19 世纪末，美国中产阶级经历了南北战争后近 40 年"镀金时代"的发展，已经有相当规模。但到了 20 世纪初，美国的垄断阶层出现爆发式增长，让中产阶级的经济和社会地位相对下降，其财富也受到威胁。1899 年，美国制造业资本的 1/3 被 185 个垄断组织掌控。美国铁路网在 1901 年已被六大垄断公司控制。在这样的经济格局下，大批中小企业被吞并或破产。当然，中产阶级的家庭焦虑也不遑多让，离婚率急剧上升，核心家庭大批解体，以至于当时的人们发出哀叹："我们生活在一个最坏的年代。"

不过，美国中产阶级自救的方式不是学习知识、超越同伴，而是眼光向外，相信自己可以改变环境，推动社会进步。这就是"进步主义运动"的来源。亨利·乔治在 1879 年出版《进步与贫困》，讨伐工业主义。杜威把实用主义发展成官方哲学，并身体力行地投入社会改革运动。劳埃德在《大西洋月刊》发表《一个巨型垄断的故事》，揭露垄断危害。1903 年《麦克卢尔》杂志发表的 3 篇文章，发起"黑幕揭发运动"。20 多年的"进步主义运动"导致《谢尔曼反托拉斯法》出台，一大批垄断组织被肢解，包括洛克菲勒的美孚石油公司。

此外，保护环境、消除腐败、劳工平权、妇女平权——这些进步主义的成就终于让社会变得更有安全感，缓解了中产焦虑，并且带来中产阶级的爆发式增长，直到占这个社会 80% 左右的人都成了中产阶级。美国的中产阶级知识分子引领了改变社会的浪潮。相形之下，我们现在的中产阶层知识分子只会制造"中产恐慌"，来赚一些口水钱。

## 要学的不是知识，而是认知

中产焦虑不是无解的，只不过当你认为外在环境不可能改变时，由此所带来的必然性当然就是不可抗拒的了。要解决这个问题，需要改变的是对这个世界的认知。这就不可能通过记忆死板的知识，或专业领域的学习来实现了。何况现在流行的"学习"不过是"把信息当作知识，把收藏当作学习，把阅读当作思考，把储存当作掌握"。

20世纪初美国的"进步主义运动"，其思想动力直接来自进步主义教育改革，它把激发个体思维和责任感的贵族博雅教育变成平民教育，让普通的中产阶层子弟都能够接触到。当这些子弟在课堂上通过辩论、讨论、展示、研究等形式去探讨那些慈善、竞争、公平、正义等话题时，不但固有的知识被转化为自己内在的认知，而且他们也在为未来的社会定调。

这样看来，学习还真是解开中产焦虑的钥匙，不是从情绪上缓解，而是真正改变焦虑之源。不过，具有改变力的学习，不是肤浅的知识存储，而是认知能力（获得知识和应用知识的能力）的提升，以及更重要的，由认知和行为的对接所产生的行为意志。只有这样的学习，才能帮助中产通过改变自己来改变世界；也只有在一个被中产意志所改变的世界里，"中产焦虑"才会彻底消失。

（摘自《读者》2018年第2期）

## 往事的酒杯

苏 童

我父亲不喝酒,他爱抽烟。家里除了黄酒瓶子,我几乎没见过其他酒瓶。

而我的两个舅舅爱喝酒,他们不抽烟。我们三家人住在紧邻的房子里,各家的空气似乎总忙着竞争。我们家有烟味,但我的两个舅舅家经常飘出酒香来,酒香自然轻松胜出。这是我小时候便懂得的常识。

我大舅家家境较为富裕,讲究吃,我大舅妈擅长做红烧肉,做了红烧肉我大舅必然要喝一盅。他们家的晚餐桌上酒香与肉香齐飞,喧嚣着飞到我们家。我总是被肉香吸引,不能自已,便穿过天井,到大舅家,打开大门,往大街上看一眼,然后匆匆地往回走,算是投石问路。我小时候便有羞耻心,羞于开口向人索要,但我的目光无法伪装,总是火辣辣地投向那碗红烧肉。每逢这时,我大舅便尴尬地微笑,他的目光看向我大舅妈,似乎在征询她的意见,但无论她的表情是否活络,舅舅就是舅舅,一块红烧肉会被我大舅夹在筷子上,然后我会听见一个天籁般的声音:"来,吃一块。"

我现在一直在回忆一件事：我大舅当年喝的是什么酒？可我怎么也记不起来了，只能确定是白酒，想想这遗憾，真应了"醉翁之意不在酒"这句话。我脑子里只惦记着红烧肉，当然记不住他喝的是什么酒了。

我三舅家住在隔壁。他家也清贫，餐桌上的东西与我家的差不多，白菜、青菜、咸菜之类的，无甚风景，但他人穷志不短，爱喝几口酒，喝的是五加皮酒。我之所以对这记得很清楚，原因也简单，我对他家的餐桌没兴趣，轻蔑地望过去，忽略一切，就记住了桌上的那个酒瓶子。

我第一次喝酒是在北京上大学期间。有个黑龙江的同学来自体工队，爱吃朝鲜冷面，爱喝啤酒，冷的碰凉的。他带我们去府右街附近那家延吉冷面馆去吃冷面，饭馆就在当时的首都图书馆斜对面。一群大学生不进图书馆，一头扎进冷面馆，毫不汗颜。我们随同学点单，每次都各要一碗冷面，伴以一扎散装啤酒。当时习惯说一升。一升20世纪80年代的啤酒被装在大塑料杯里，泛着白色的泡沫。白色的啤酒泡沫一如虚荣的泡沫，要喝，喝下去太平无事，但就是没有实际意义，还肚子胀。我在回学校的公交车上一直想着教二楼的厕所，为什么呢？因为那是离北师大的大门最近的厕所。

我第一次醉酒是在大四那年。春天的时候，学生们都下到河北山区植树劳动，大家天天觉得饿，吃了上顿惦记下顿。忘了是哪个同学饿得"揭竿而起"，提议大家抛下组织纪律，结伴去县城的饭馆打牙祭。我积极响应。我现在已经忘了在那个燕山山区的县城小饭馆里吃了什么，却记得席间的那瓶酒。

那是当地小酒厂生产的粮食烧酒，名字竟然叫白兰地，极其洋气。我们都清楚那不是白兰地，但那烧酒给人一种美好的感觉，醇厚，颇有劲儿。恰逢我们的杨敏如老师刚刚在古典文学课堂上给我们讲过李清照。她太爱李清照了，或许也是爱喝几口的人，讲起"薄醉"，怕学生不懂其意蕴，竟然言传身教，在讲台上摇摇摆摆地走了几步，强调说，薄醉是舒服的醉，走路就像踩在棉花上！我们在小酒馆里谈论杨敏如老师与薄醉，大家都有点贪杯，要寻找薄醉的滋味。令人欣喜的是，走出小饭馆时，我脚下真的有踩棉花的感觉，头脑亢奋却清醒。我听见我的同学都在喊："薄醉了，薄醉了！"

学生时代结束，喝酒便名正言顺了。毕业参加工作之后，一桌巨大的社会大酒席召唤着你，一般来说，绕开它是很难的，何况你不一定想绕开它。"喝酒喝酒喝酒！干了干了干了！"无论走到哪里聚会、做客，那个声音都会像空气一样追随你，不同的人对那个声音有不同的好恶，要么觉得它像苍蝇，要么觉得它像福音。

但我在青年时代其实怕酒。饮酒之事，在我看来更像一种刑罚，所谓薄醉的滋味，竟无法与之重逢。如果一个人想起酒来，想到的是酒臭与呕吐，不免令人沮丧，这是酒的遗憾，也是人的过错。我不怨自己的酒量，下意识地将其归咎于酒桌上的"恐怖主义"。具体地说，我认为很多地方的酒桌上没有李清照，只有"恐怖分子"。酒桌上的"恐怖分子"信奉酒文化。酒文化中一个重要的细节是劝酒。各地的劝法不同，各有规矩方圆，但基本目标是一致的——劝到客人酩酊大醉，劝到客人烂醉如泥，只要不喝出人命，都称其为喝好了、尽兴了。

我在杂志社做编辑时经常随团去苏北采风。有一次采风途经六县，六个接待方都对我们热情如火，我们在每地停留两天，每天必喝两场酒。此地劝酒文化极其灿烂，灿烂得过分。每顿饭至少举杯三次，不算多，但每次举杯必须连饮三杯。你若是尊重地主、讲究礼仪之人，每一顿至少要喝九杯。九杯属于"多乎哉？不多也"的范畴，但这不过是个基础。当地人的劝酒技术不会让一个小伙子只喝九杯了事。因此，同乡喝三杯，同龄喝三杯，属相一样喝三杯，姓氏一样喝三杯，最后是相同性别的要喝三杯。我记得当年我是多么友善，又是多么爱面子，明明已经被吓得不轻，却强充好汉，无奈酒量有限，十几杯二十几杯酒喝下去，只好摸着翻江倒海的胃冲去厕所，没有一醉方休的幸福，只有一吐方休的痛楚。我还记得那时候下苏北，总是这样一去一回，去的时候朝气蓬勃像张飞，回来的时候病歪歪的满腹怨言，真像李清照了。有一次，我坐汽车回南京，身边的朋友告诉我，我一直在睡觉，梦呓的声音很单调:"不喝了。不喝了。"

  往事不堪回首,其中有一部分往事是浸在酒杯里的。年复一年的酒,胜似人生的年轮,喝起来滋味不一样,但总是越来越沧桑、越来越绵厚的。有一年,前辈作家陆文夫到南京开会,晚上大家聚餐饮酒。我看见他独自喝酒,喝得似乎很孤独,便热情地走过去要敬酒,结果旁边一个同事拉住我说:"千万别去,他不接受敬酒,他很爱喝酒,但一向是自己慢慢喝的。"

  对于我,那是醍醐灌顶的一刻。原来一个人喝酒是可以与他人无关的,与傲慢无关,与自由有关。陆文夫坐在那里喝酒的姿态我至今难忘,如同坐禅。那种安静与享受,不是出于对酒最大的尊敬,便是最深的爱了。

(摘自《读者》2020 年第 13 期)

## 中国人的节日负担为什么这么重

鲍君恩

对许多中国人来说，春节恐怕不是轻松愉快的假期。未婚青年的痛苦，是又要面对亲戚朋友"什么时候解决个人问题"的关切；已成家立业者的痛苦则更甚，你必须提着礼物把所有重要关系拜访一遍，仅送礼的人情支出就是一笔沉重的负担。

据西南财经大学 2012 年《中国家庭金融调查报告》称，中国家庭的人情支出占总收入的 22.1%，尤其是收入水平最低的城市家庭（占总数的 25%），人情支出竟占了总收入的将近一半。

中国人的人情支出为什么这么多？可能有人将之归结为文化传统——中国人是世界公认最爱面子的。但同属汉文化圈，儒家传统痕迹更重的韩国，虽也有多达 96% 的国民抱怨"红包炸弹"，但 2014 年韩国工薪阶层的平均人情支出约 33 万韩元，只占总收入的 1%。

## 送礼文化

现代西方社会，人与人之间礼物交换的象征意义往往远大于实际价值。比如德国人最喜欢送的礼物是书，廉价酒、巧克力也是常见的伴手礼。如果礼物过于贵重，德国人会觉得很尴尬。

欧美国家的婚礼上极少见到塞满钞票的红包。欧美国家的人非常注重礼物的包装，这恰恰是中国人不太重视的。

中国人的送礼文化在两方面与众不同：一是礼物价值，在经济能力范围内越贵越好，或干脆送现金，且送礼场合远不限于节日和红白喜事，几乎逢事必送；二是缺乏仪式感，往往是钱到心意到，一般不太在意礼物的包装。

中国式送礼被认为是儒家重礼文化的延续，这其实是个天大的误会——"礼尚往来""来而不往非礼也"的传统观念，注重的是礼节、礼数，而非礼物的价值本身。直至晚清和民国，中国民间送礼也仍然更重视礼品的象征性而非工具性，送礼过程有相当烦琐的仪式和讲究，与今天的日本类似。

## 人情与庇护系统

"人情"并非中国的特殊国情，更非国民性的体现。在计划经济体制内，尽可能认识更多的人，尽量维持住已认识的熟人，便成为个人生存的最优策略。

计划经济体制下的熟人社会与费孝通定义的传统熟人社会有本质差别。

传统熟人基于亲缘和地缘纽带，相互之间来往频繁，有大量的劳务和经济互助，因此送礼无须太贵，一般也不会出现货币——货币体现的是直接的买卖关系，而人情的维系需要相对暧昧的表达，尽量避免物化痕迹。

1949年以前，在农村和城市底层居民中，婚宴随礼大多是喜烛、小家具等廉价日用品，礼金并不多见，而且数额极少，这正是传统熟人社会的典型特征。

最典型的是压岁钱，中国人给孩子压岁钱，原意是镇恶驱邪，最初送的都是具有象征意义的礼币，本质上是护身符，不在市面上流通。直到明清，压岁钱也多是用红绳串起的铜钱，挂在孩子脖子上，象征性大于实用性。压岁钱的成倍增加，其实是晚近的事。

1949年后，中国传统熟人社会终结，无论在农村还是城市，国民都被纳入与国家计划体制匹配的组织当中，虽然传统熟人社会的关系规则和纽带依然有效，但重要性大幅降低，交往规则也变了。

在传统熟人社会，决定人们关系的主要是血缘、地缘这种天然纽带，关系的维护成本很低，注重仪式感和程序性，低价值的礼物往来就能巩固稳定的关系。

但在计划经济体制下，能帮你排除困难的人或能给你制造困难的人，才是你最重要的社会资源。缺少天然的情感纽带，只能靠高频次、高价值的送礼才能建立并巩固可靠的关系，仪式感并不重要。

人情支出的不仅是金钱，实际上，在给重要关系送礼时，让大部分人更烦恼的是在不方便送现金时，选择什么样的礼物能让对方满意，以及送礼时怎么不让别人看见——不但要避免送礼时被其他熟人撞到，也要避免撞见熟人送礼的尴尬场面，为此，有些人送礼前还要特意踩点。这大概是中国人逢年过节最耗费时间、精力的事。

最大的变化在于，今天留在体制内的中国人已变成了少数，体制外的人无须考虑给老板送礼，尤其对离开家乡在陌生城市工作的年轻一代来说，苦心维系社会关系的必要性大幅降低。

朴睿咨询发布的《2015年末中国送礼市场研究报告》颇能显示出这种剧变：

绝大部分受调查者（30岁以下）年货是在电商平台购买的，过年期间的自我奖励和给父母、伴侣的平均花费要高于给公司领导或商业伙伴的。

考虑到不同地域和人群对电商的接受差异,受调查对象绝大部分是体制外的白领。

## 人情冷热与社会救济

虽然脱离体制使得在熟人社会构建庇护系统的重要性大幅降低,但是,需要人情来解决的问题并未减少,因为又有了伴随扩大的自由出现的新困难,比如:生孩子会遇到落户、入托、择校等一系列问题,在医疗卫生、司法、企业经营等事情上,往往会因为是否有熟人而有完全不同的结果。

所有与垄断性机构组织或行业有联系的地方,通过人情建立起来的庇护系统都能发挥效用。所以,中国人的庇护系统,只是从单位、组织的熟人社会扩展到了陌生人的外部社会,对多数人而言,依然需要通过人情建立起一个庇护系统。

今天,人情对中国人的重要性并不只是一个庇护系统,它还是一个自我救济系统。如今,中国底层社会的困境在于,人口从农村向城市、从落后地区向发达地区流动,导致人口流出地区的救济系统濒于瓦解。这正是低收入阶层人情支出反倒相对更多的原因——在生活没有保障的前提下,在熟人身上的感情投资,正是为了使自己失去生存能力后获得救助。

西方国家则是另外一种情形。工业革命后,乡村居民大量向城市流动,人与人之间的亲缘、地缘关系弱化,早早终结了传统熟人社会,形成了一个开放的契约社会,资源的分配、矛盾的解决全靠契约维持,制度给个人生活带来的不确定性较小。

从历史悠久的宗教救助组织,到"二战"后西欧普遍实行的福利国家制度,国民的基本生活都有足够保障。这导致个人在生活遇到困难时,更倾向于求助政府和社会组织,无须依赖亲友相助,人与人之间的关系因此更加简单纯粹。

所以，礼物文化在西方和日本、韩国等国更符合其原始意义，礼物仅仅是维护和巩固亲友关系的一个象征媒介，表达性远大于工具性。

(摘自《读者》2016年第8期)

## 在这里，懂得人生疾苦

左 灯

2017年，由于某些原因，我得了抑郁症。我被送进精神病院，踏上了"人生新征程"。这里的每个人都有自己的故事，在这里，你会知道什么叫人生疾苦，然后更加惜福。

### 病　友

一位50多岁的叔叔和我说，他儿子赌博输了300万元逃走了，至今下落不明。家里的两辆车和一套房子都没了，一辈子的心血付诸东流。

这位叔叔做了电休克以后，心情好了不少，常常和我说："忘记了，忘记了，什么都忘记了。"

很多人说，只有心里放下了才是真的放下。我现在才知道，有些事情不是说放下就能放下的，心结实在解不开时，用物理手段冲击大脑，强制性地忘记，不失为一种纾解方法。

今天，又来了一位新病友。她真的太辛苦了：爸爸突然得了癌症，弟弟瘫痪，家里经济条件不好，还有个正在读书的12岁的孩子。

这种人间惨剧让我觉得，我碰到的那点破事儿算什么啊！

我强打起精神对她说："姐姐，我可以理解你的痛苦，这里的人都能理解，所以你绝不孤独。"她问："我会好吗？"我眼神坚定地说："会。我知道你现在一定觉得自己好不了了，这不怪你，是你的大脑生病了，它在给你传达错误的信息。你必须明白这一点。"

她说："我老公真的对我很好。现在家里这个样子，我还得了这种病，我真的好自责……"

我立马打断她，浑身散发着"浩然正气"，一本正经地说道："不要自责！得了这种病，你不需要自责。你必须明白，你的孩子、你的丈夫，你对他们很重要！"

她双手掩面，痛哭起来，我抱住她，一直在她耳边重复着："记住！你很重要！你对他们很重要！"

她老公一边搀扶着她进病房，一边不停地回头跟我道谢。我看着他们的背影，心中充满怜悯和叹息。命运啊，你为什么要这样鞭挞世人呢？

## 前　因

我的理智告诉我：我病了，我要勇敢地和病魔抗争，这是真的，是现实。但我的思维老是蒙蔽我，它告诉我：我很好，我没病，我在另一个空间的世界里，这是梦境，是虚幻。

所以我的这段人生，始终围绕着一个非常形而上的辩题：这一切到底是梦还是真的？

有时候，理智打败了思维，我会安心地接受现实，并迫切地希望自己好起来。

有时候，思维占据上风，我会进入"楚门的世界"，觉得眼前的事物，窗户、火车、房子、人，甚至我自己，都是假的。我每天都思考着，怀疑着，自己和自己辩论。

中国古人是充满智慧的。祸不单行、雪上加霜、屋漏偏逢连夜雨，这些话都告诫我们：事情很糟糕的时候，千万不要害怕，因为还有更糟糕的事情在等着你呢。

我的家里出事了，真是"后院起火"。我那兴风作浪二十多年的哥哥又开始胡作非为，七年的囹圄生涯也没让他学乖。

刚开始，我觉得我爸情绪不对，以为他是对我的病没有耐心了。后来他告诉我真相：我那让人头痛的哥哥在外面欠了一屁股赌债。

我得交代一下背景，不然你们不能理解我满腹的愤恨。

我那老是带来各种"惊喜"的哥哥，是我爸妈的养子。我们对他付出的心血真是一言难尽。

小时候，他患了一种非常难治的病，为了治好他的病，我爸妈绞尽脑汁，跑遍了全国。可最后，他竟然用无恶不作来回报二老。

每隔一段时间，他一定会闹出一些稀奇古怪、让人费解的事，偷、蒙、拐、骗，样样俱全，不断刷新下限。

后来，他进了监狱。七年。

从小，全家就围着他一个人转。因为他的病会随时发作，爸妈就让我和他一起睡，以防不测。每个晚上，熟睡中的我一定会被他吵醒，这让年幼的我非常烦躁。

我哥的狼心狗肺，催白了我爸的头发、蒸干了我妈的眼泪。为了给爸妈带来一点安慰，我从小就对自己要求甚高，无论言行举止、学习成绩还是其他方面。我始终告诉自己：能达到 100 分，我就绝不允许自己只做到 99 分。

我的信念只有一个：我一定要非常优秀，才有资格做他们的女儿。

## 心　结

双重打击让我妈几近崩溃。而我，在我爸说出真相以后才发觉——我真的太差劲了。

"赌债事件"开始发酵，我爸终于把解除收养关系提上日程。他问："你怎么看？"

我的情绪一下子沸腾了，全身的血液都在"咕嘟咕嘟"地冒泡："我早就说过！早就该解除！要不是你们心软，这件事早就成了！"

我爸说："这就是做大人的难处。"

我痛恨爸妈的"软弱"，我狠狠盯着我爸的眼睛，眼泪在眼眶里打转。我爸说："不说了，你又激动了。"

我一下子把头埋在两腿中间，因为不想面对我爸，不想面对世界，更不想面对无能、无助、无用的自己。

回到病房，我爸佯装高兴地和我说着话。但我不知道要怎么面对他。

我心里明白，他在竭尽全力支撑这个残破的家。养子债台高筑，解除关系又面临重重顾虑；女儿患精神病住院，病情反反复复；妻子的精神几近崩溃。作为一家之主，他不能倒下。

我觉得我实在不够优秀，我的存在，就是为了给这个家庭蒙上更深的阴影。现在的我，给父母带来了太多麻烦、太多不安、太多桎梏。黑暗中，我泪眼婆娑地盯着我爸的眼睛，艰难地吐字："你是不是很后悔生了我？"

这真的是我二十多年的疑惑和心结。

我爸明显被我的问题惊到了。他坚定地说："不后悔。二十多年，你从来没让家里人担心过，也从没麻烦过家里人。你会得这个病，就是因为你实在太乖了。"

我泪如泉涌，慌忙道歉，边哭边语无伦次地讲了一大堆，最后一句话是:"我觉得,没有我,大家会过得更好……"

我爸说:"我不需要你功成名就,不需要你高官厚禄,不需要你才华横溢,不需要你出类拔萃,你什么都不用做,你就做我的女儿。"

——这就是我爸爸,一个庸庸碌碌的普通人,却是我最伟岸、最强大的父亲。

(摘自《读者》2020年第20期)

## 最懂散财的人

王 翔

在我见过的人中,比尔·盖茨和巴菲特是给我留下极深印象的两位。

比尔·盖茨占据世界首富之位的时间之久,以至于我已经失去了看每年新公布的首富榜和资产量的兴趣。他在自家花销上从不故意低调——耗巨资建豪宅,里面装备着他自己喜欢的高科技产品,常常大宴宾客。但人们关注更多的还是他的基金会。2008年6月,盖茨从微软正式退休,淡出日常管理工作,将绝大多数时间留给自己与妻子建立的"比尔与梅琳达·盖茨基金会"。盖茨将自己的绝大多数财产捐给该基金会。

盖茨做了两件了不起的事情:一是依靠和平、合法、道德的手段,使自己成为世界首富;二是把赚来的钱捐出去,还吸引了巴菲特的加入,建立了人类历史上最大的慈善基金会。

盖茨建基金会受到很多人的影响,父亲老盖茨、太太、巴菲特等。基金会成立之初还没有明确的方向,后来一篇文章引起了盖茨夫妇和老盖茨的注意。文章上说，发展中国家的儿童，正死于一些在发达国家威胁并不大的疾病，如腹泻、麻疹、疟疾等。于是基金会逐渐确立了主要目标：全球健康、全球发展和改善美国西北部盖茨家乡的现状。基金会运作很高效，并不是把钱捐出去就完事，只有符合初期预定的目标并通过检查，才能获得下一笔资金；有时要求政府或其他组织拿出同样金额的配套资金。

盖茨已将企业做到极致，再继续下去也只是"独孤求败"，不会给自己带来很大的快乐了。但他现在从基金会里找到很大的快乐，他在2009年度报告中说："把既聪明又富创造力的人聚集成团队，并在他们遭遇挑战时给予资源和指导，实在是很有成就感！"

提到盖茨，就必须提到巴菲特。巴菲特对盖茨的影响很深，在多年的交往和仔细观察中，确认盖茨在能力、品格和热情方面都符合要求后，他决定以卖出伯克希尔股票的形式，把绝大部分资产逐步捐给盖茨基金会。但出于职业投资人的习惯，巴菲特也设立了三个附带条件：

首先，盖茨夫妇两位中至少有一位必须在世并参与盖茨基金会的决策和管理；第二，基金会（或其代理机构）必须符合法定条件，以使巴菲特的捐赠用于慈善并免于捐赠税或其他税项；第三，每年巴菲特的捐赠必须捐赠出去，并需要基金会保证每年支出额不少于其净资产的5%，但头两年不适用。

盖茨和巴菲特通过这种方式，达成一种伟大的"利用"关系：盖茨通过自己的行动，成功影响别人，通过巴菲特的捐赠使自己的基金事业迅速扩大，为自己的事业找到了第二个出资人；而巴菲特知道自己年事已高，通过盖茨这个比自己小25岁的人，让他按自己的意愿和原则把钱花出去，找到值得自己信任的"花钱师"。

所以两人都很会花钱。

盖茨很懂得通过花钱让自己快乐，首先因为无论是兴建豪宅还是成立基金会，钱都是在自己开心的目的下花掉的。其次，盖茨的钱是按自己喜欢的方式花的。第三，盖茨夫妇鼓励别人也按自己的价值观来花钱。第四，最重要的是他们的花钱方向功德无量，超越国家、宗教、种族、肤色，取之于全人类，用之于全人类。

而巴菲特，他首先找到了最有能力的"花钱师"，因为盖茨最好的历史业绩就是创建和管理微软，有这样管理经验的人，应该有能力管好人类历史上规模最大的慈善基金。其次，虽然他和盖茨夫妇是朋友，但还是用制度来约束人情，确保自己的资产真正被用于捐赠。第三，他的钱花得很有效率，他要求捐赠避税，因为如果缴纳巨额税收，资产中有很大一部分会被相对低效的政府机构花出去，这是他不愿看到的。第四，以伯克希尔股票的形式进行捐赠，对自己的公司形象和事业有很大的促进作用，把花钱变成财富增值的途径。

卡内基曾说："在巨富中死去是种耻辱。"如果说美国有遥遥领先于世界的方面，那就是公益。美国富人向社会回馈财富的机制，是世界上最成熟的。但这样的成熟不是上天赐予，而是靠卡内基、洛克菲勒、比尔·盖茨、巴菲特这些人的代代努力来推动的。从观念层面，众多富豪起到了很好的榜样作用；从国家层面，规定捐赠可以免税，以资鼓励；从操作层面，有众多机构和普通人的参与，慈善机构效率很高，甚至旧衣服都可以用于捐赠。

中国也有很多人充满爱心，但我们在回馈社会和兴办慈善方面还缺乏成熟的体系。一万个人声援，不如一个人行动。有的组织已经开始从小项目做起，这是值得钦佩的开端。

（摘自《读者》2013年第16期）

## 后疫情时代的消费

李神喵

开始我们都以为,因为疫情在家濒临憋疯的人们解禁后会疯狂撒钱,吃喝玩乐,醉生梦死好一段日子,但想象中的报复性消费并没有到来。

央行公布的数据显示,一季度人民币各项存款增加 8.07 万亿元,同比增加 1.76 万亿元;其中,住户存款增加 6.47 万亿元,同比增加 4012 亿元——我们等来的,竟然是报复性储蓄。

发明"报复性消费"这个词的学者单正平,曾复盘过去几十年里中国人的几次报复性消费潮:一是改革开放初期,刚结束物资短缺的中国人开始大肆吃喝;二是 20 世纪 90 年代,压抑许久又有了点钱的人们催生了服务业的繁荣;三是刚进入 21 世纪,长期挤宿舍苦等单位分房的人们一窝蜂开始买房;四是北京奥运会后,富起来的老牌单车大国开始集中追求开私家车的出行体验。

报复性消费潮首先离不开全社会经济水平的突飞猛进这一物质基础,同时更需要有超越实际需求的情绪化消费作为心理驱动。

如让·鲍德里亚所言,"饱暖思淫欲"的使用价值已经无法满足消费者蠢蠢欲动和"成为更好的自己"的追求。过去人们报复性消费,是因为经历了从无到有的过程,花钱吃喝玩乐和买车买房,都包含着"阔起来"的自我证明。

意思是,我买大奔,不是因为别的车不能"奔",而是因为我买得起大奔——在这段汹涌的变革期,消费产品的符号意义更为明显。

消费放大了欲望、阶级差异和攀比心理,但也刺激了生产力发展和社会进步。20世纪初的美国烟草广告费尽心思把女人骗去买烟,无意间助长了女性的独立和平权意识;可口可乐和耐克的热血广告片,有时真能激励年轻人去勇敢打拼,挑战自己。

自由经济理论的祖师爷亚当·斯密相信,消费并不一定只会带来追逐奢靡的愚蠢轻浮,人总会慢慢产生更高级的需求。事实证明这个预测有点道理。

然而,消费主义营造的世界级拜物教很大程度上又成了众多焦虑的根源。我拥有,然后想要更多;我拥有的不如隔壁老王多,然后想比他多;累死累活好不容易比老王多了,发现楼上老李比我和老王加在一起还多——这是我们缓解焦虑的方式,同时也是我们焦虑的原因,因此我们一直无法快乐。

我们试图在诗和远方里寻找答案,结果让诗和远方也变成了消费的对象。

于是,生于黄金时代、看着西方社会打赢冷战走向巅峰的恰克·帕拉尼克在《搏击俱乐部》里怒吼:"广告诱惑我们买车子、衣服,于是我们拼命工作,买不需要的东西。我们是被历史遗忘的一代,没有目的,没有地位,没有世界大战,没有经济危机,我们的大战只是心灵之战,我们的恐慌只是我们的生活。"

然后你猜怎么着?世界大战来了,经济危机也来了。疫情带来的死亡与恐慌并不亚于一场真刀真枪的热战,疫情制造的经济动荡影响远超1929年的大萧条。89岁的巴菲特经历过5次美股"熔断",其中4次发生在2020年

3月；同一时期，在世界上的很多地方，巴菲特的同龄人被医院放弃治疗，以便将医疗资源用于救助年轻人。

最近几个月乃至未来的几年里，人类将经历一次大规模的从有到无。生命、健康、亲人、爱人、财富、事业……种种构成正常生活的元素，在疫情面前都显得摇摇欲坠。很多东西跟空气一样，平时让人觉得稀松平常，一旦没了便生死攸关。

消费主义和消费当然会继续存在，但会被赋予不同的意义。消费将趋向务实与纯粹，人们将更深刻地意识到：消费不能指挥生活，生活要指挥消费。消费主义会受到更严肃的诘问，以便为精打细算提供更充分的理论依据。

货币形态从沉重的贵金属变成轻飘飘的纸张，再到今天屏幕上的数字，这种演化在不断削弱我们对金钱的基本尊重——它或许正在被疫情重新唤醒。

当我们更理性地对待每一笔支出，更慎重地考量每一件心动的商品是否有必要买回家时，商品的生产者才有可能更深入地琢磨消费者的需求，严格把关质量和体验，消费才会真正迎来升级，并向它本质的功能回归——让生活更美好，而非更浮夸。

（摘自《读者》2020 年第 16 期）

# 别再被文理分科画地为牢

薛 涌

很多家长和同学会问：究竟是学文科还是理科？文理科之分，是我们"60后"读高中时计划经济下教育的旧概念。想不到，经历了互联网革命，我们的思考方式仿佛依然固化在那个时代。

这次新冠肺炎疫情是否能够帮助我们摆脱这种框架的桎梏？比如，有些家长和同学透露出这样的心态：经过这次疫情，很多人觉得在这样的"硬核"事件面前，一些所谓文科背景的人写的文章无非都是个人感慨和情绪的发泄，像张文宏这样的理科生、医生、科学家，才是真正"有用"的人。

你不能说这样的感想没有道理。但是，让我们换一个角度看问题。面对新冠病毒的传播，世界各国应对的招数不同。有些科技非常发达的国家，比如美国，应对的结果并不理想。有些"硬核"技术并不强的国家，反而能取得相对的成功。为什么？因为对付新冠病毒，医学上没有针对性疗法，最终大家借助的，不是"硬核"的科技手段，而是"软核"的社会治理手段，即隔离、"封城",包括戴口罩。后者甚至可以说是文化手段。

以美国为例,在科技"硬核"方面,也许几年内就会在新冠肺炎防治方面取得突破。比如某种"神药",现在被炒得火热,大家对其寄予的期望非常高。但是,我们不要忘记,20年前,西方就已经有人在大谈什么人类将告别流行病了。但人类永远不知道未来的病毒是什么样,往往还要像现在这样,在"硬核"技术失效的情况下,借助14世纪黑死病流行时发明的社会管理手段——隔离。所以,有关医疗体制、社会保障体制的问题,成为美国社会的热点。这些热点不会随着疫情的过去而消失。经济学和社会科学的研究,将会在这些领域大有作为。

所以,如何构想一个社会,依然非常关键。耶鲁大学研究流行病史的学者弗兰克·斯诺登最近指出,现代国家机器的构筑,西方主流学界往往将其归因于战争。斯诺登进一步指出,传染病和战争非常类似,也刺激了国家结构的成长,比如一系列公共卫生机构的成立。这次疫病流行,是否会刺激一系列社会组织的发展?

当然,这一系列社会构想的背后,都必须有技术性的落实手段。疫情加剧了这方面的紧迫性,加速了其转化过程。比如韩国等控制疫情比较成功的国家,通过个人手机上的App能随时掌握病毒携带者的移动方位,非常有效,和美国等西方国家保护隐私的政策形成鲜明对照,并获得压倒性的公众支持。这方面的技术,当然会日新月异。

所以,很多学者指出,快递业、远程服务(包括教育)、自动化……这些都会随着疫病暴发而加速发展。

这一系列变革,当然会给数据科学、编程、计算机科学、工程等领域提供大量的机会。近几年来,我反复劝学生学习编程、数据分析、统计、计算机等。但是,5年、10年后该怎么办?那时我们又会面临一个什么样的世界?这就要求我们不仅仅要掌握技术手段(虽然这种手段5年左右必须更新),还要具备一种可以进行社会构想的能力。否则,你就是一个工具,人家让你干什么你就干什么。这种高技术的工具性人才，在人工智能时代非常容易被替代。你必须做到的不仅仅是听别人吩咐（虽然这在事业起步阶段也许不可避免），而且要知道自己能做什么，即能够为人类设计某种方便生活的东西。那种传统的中国式"理工男"，未必能够引领时代潮流。

  这里，我还必须提醒一些以"文科生"自居的同学，他们同样会如以"理工生"自居的同学一样画地为牢。先不论经济学，一般的社会科学，很少有能离得开统计学等基本的"理科"工具的。比如这次疫情中关于是否"封城"、隔离的辩论，不管你是社会学家、经济学家还是流行病学家，依靠的都是几个数学模型。如果完全不掌握这些工具，整天在那里多愁善感，确实会给人一种不着边际的感觉。

  21世纪知识更新的主流发生在互联网上，那里有各种"短平快"的证书课程，你每年都可以通过不停地学习更新技能。我就有过这样的朋友，从搞雕塑的艺术家变身为谷歌公司的工程师，读完雕塑专业的硕士后他再没有读过任何学位。这种"左道旁门"的生涯，日后恐怕将成为正路。

（摘自《读者》2020年第13期）

## 被嫌弃的我的前半生

慕 荣

　　小学三年级以后，我就一直是一名好学生了。从班级前三，到稳坐第一，然后是年级前十，最后是全校第一。可是，突然学习好起来不是因为我脑子开窍了，而是因为一场期末考试。

　　此前，我对考试没有多么深刻的记忆，成绩中等偏上，学习谈不上多么用功。那场期末考试，我排名第 15 位。在一个 80 人的庞大班级里，这个成绩使我自我感觉良好也是说得过去的。放学后，我向妈妈汇报成绩，她的反应却泼了我一盆冷水："考成这样还高兴呢？"语气很硬，像房檐下还未消融的冰凌。15 年后我仍然清晰地记得当时的场景：北方冬天刚刚擦黑的傍晚，妈妈在前面走着，不牵我的手，没有跟我多讲一句话。县城的街道坑坑洼洼，我跟在她身后亦步亦趋，跟跟跄跄。隐约中，我明白这是一场沉默的惩罚。我内心委屈，也无人倾诉，只是暗下决心：下次考第一就不会被妈妈讨厌了吧。有人说，中国的学校教育有利于女生，她们比男孩子更有耐心，肯长时间坐在书桌前反复背诵、练习。其实，我们的耐心大多是为父母的意志所迫，女生只是更不敢反抗父母吧。成绩是我取悦母亲的资本，我活在如果不努力、不优秀，就不值得被爱的恐惧中。

妈妈出生于普通农家，兄弟姐妹6个，她靠着勤奋好学考上师范学校，毕业后端上了人民教师的铁饭碗。我出生那年，妈妈才21岁。身世背景加上年轻气盛，使她养成了不服输的要强个性，就连跟我爸吵架她都要争个上风。她就像自己教的数学，充满了几何的棱角分明和线条的理性直接。她用毛笔书写"拼搏"，贴在我的卧室床头，白纸黑墨，没有装裱，赫然可见。中学宿舍卧谈会时，大家聊起父母唤自己的小名。有人叫宝贝，有人叫丫头，我当时很紧张，担心被人问到，因为我从未被这样亲昵地唤过，妈妈总是直呼我的名字。多年后，我对着蹒跚走路的小表妹一遍遍地叫着"妞妞"，咀嚼着那错过的宠溺。

中考第一场语文，是我的优势科目，然而劣质钢笔出墨太多，卷面有点脏。我一出考场就冲着妈妈哭哭啼啼，想借客观原因事先为自己也许不理想的成绩找台阶。妈妈试了试钢笔，柔声安慰说："不严重的，别哭了，还有接下来的考试呢。"那两天我被"伺候"得很周到，场场车接车送，顿顿营养美味。考完最后一门，窗外雨过天晴，街道上的合欢树被夏雨洗刷后，一片新绿盎然，粉色的合欢花在枝头摇曳，空气清清爽爽，人也跟着舒畅起来。走出校门，到处都是迎接考生的家长，我朝妈妈前几次接送我时站立的地方走去，可是，妈妈不在那里。我东张西望，左顾右盼，还是没有看见。半个小时后，我决定回家等她。谁知道妈妈就在家里，见我回来，一句话也不说，继续埋头擦着厨房的油垢。我感到莫名其妙：下午送我进考场时还眉眼和善，现在这是怎么了？我气不过，问："别人的爸妈都来接，你怎么不来？"她突然挥起手中的铲刀，冲我喊："你给我出去！考个试，什么钢笔水多了少了，就你毛病多！要不是害怕影响下面几场考试，头天中午就想教训你了。"我待在原地，才知道她暴怒竟然是因为我前一天耍的小脾气。原来，除了冷暴力，妈妈还擅长"秋后算账"。她愤怒的脸庞上，低垂的三角眼斜斜瞪着我，嘴角紧抿，仿佛下一刻忍不住就要蹦出更伤人的话语。我霎时觉得自己像一只垃圾袋，被人用完便捏着鼻子丢到远处。

　　我觉得妈妈更陌生了，我不知道怎样做才能得到她的爱。以前我以为，只要用功学习，她就会喜欢我。虽然妈妈会在我做错题时"头爆栗子"，可每日陪我灯下温书时，她身上的气息使我安心。现在，我不敢撒娇、不敢耍小性子，除了做好学生，我还要当个乖孩子，令行禁止、不越雷池一步。其实，我哪知道雷池的边缘在哪里呢？只是模糊认定了一条规矩——听话，不要吵闹，不表现真实情绪。渐渐地，我便得心应手，口中说的不是我心中想的，心中想的不在我面上流露。心理咨询协会的一位辅导员是我的知心大姐，她坦言，接触我时，"看似亲切，但不知道实际在想什么"。我想我是伪装太久，面具连着血肉长了。

　　因为成绩优异，我考上了省重点高中。那是我真正以一个居住者而非观光者的身份进入这座城市。陌生的省城繁华、热闹、人声鼎沸，我充满好奇，也自信能快速适应它，坚信未来充满无数的可能性。新生报到时，妈妈的一位老同学招待我们，她看着我，对妈妈说："这孩子一看就不是城里人，不过没事儿，以后多跟同学玩，就会穿衣打扮了。"那时，我的衣服都是妈妈在搭着遮阳布的路边摊上买的，我脸上擦着2块钱的面霜，身高不足1.6米，体重却将近60公斤。与省城的女生相比，我的确是煞风景的存在。可是，这位阿姨的"善意"提醒使我无地自容，我希望妈妈帮我解围，哪怕嘴硬逞强，顶回一句："可我闺女上的是这里的尖子班，谁知道她们是不是走后门才考上的呢。"可妈妈似乎忽略了我的感受，只是尴尬地笑了一下。是的，就是那种被人戳中痛点的干笑。原来，我成绩优秀、性格乖顺，都敌不过阿姨的一句"土气"。欢乐的记忆很难长久，唯有羞耻永记心间。长大后我自食其力，箱包、服饰、化妆品，一律买专柜品牌，我用一身行头为自己加持，因为这是我对抗外界评价的最正确选项。

外人眼中的我，工作光鲜，举止得体。从小学三年级起，我为迎合妈妈，努力把自己镶嵌进她理想的模板。我为了她用功学习，虽然我因此过上了衣食无忧的生活；我为了她乖巧懂事，虽然这使我获得了"宜室宜家"的夸赞；我为了她讲究仪容，虽然我也从中获利不少。我懂得妈妈的出发点是好的，也发现如今这个结果还不错。可是，一路走来，促使我更美、更好的原驱动力不是妈妈的爱，而是她的冷暴力、"秋后算账"和尴尬的笑。成绩、工作、性格于我，就是一套时刻披挂的铠甲，它们冰冷沉重，我却没有胆量卸下，以肉身拥抱世界。我患得患失，自相矛盾，有着双重人格——既渴望无条件的爱，又不习惯亲密接触。

后来，我学习心理咨询，读了很多书，渐渐接纳了自己，懂得怎样表达情绪。我知道原生家庭的基因已在我的生命里扎根蔓延，一辈子都无法剔除。家更伤人，是因为我们在乎。我希望将来自己的宝贝不再有这些恐惧，我希望用彼此相通的爱的语言，构筑温暖的家。所以我跟自己达成和解，不再当一个渴求爱和承认的"巨婴"，不再拼命地迎合或徒劳地对抗，我选择了接纳和沟通。也许我也会用爱的名义要求下一代，教育他（她）学知识、懂礼数，但绝不再简单粗暴地打骂，忽视孩子的感受。

妈妈退休赋闲后，养花跳舞，性格也和善了很多。前不久她去桂林旅游，寄来一箱特产。我在微信上发给她一个笑脸，她回复一句："看到你高兴，我也笑了。"这句话真肉麻，可我喜欢得不得了。

（摘自《读者》2017年第8期）

## 做"小而美"的企业
黄 涛

自 2012 年开始,国内餐饮行业开始进入转型期,在这期间有很多以"大而全"作为卖点的大型酒楼败退市场。同时,伴随着中产阶层的崛起,消费者,尤其是"90 后""95 后"年轻一代消费者也不再满足于低价、低质的"双低"产品,对餐饮的需求越来越多样化、个性化。在这种消费升级和餐饮企业成本上升的背景下,"小而美"成为餐饮企业的一个主要转型方向。越来越多的餐饮企业放弃了成本高昂的大面积门店,开始转向经营更加灵活、效率更高的小型店面,以"体验感"作为企业竞争的有力武器。

在我居住的城市里,有一家来自泉州的夫妻开的小店,主营红烧牛肉配汤快餐。红烧牛肉每天定量一锅,里面特别添加了包含中药材的秘制配方,很有特色。汤有牛肉汤、牛筋汤、牛杂汤等供顾客选择,青菜常年只有一个品种:炒莜麦菜。主食则配有白饭和南方风味的酱油炒饭。由于真材实料,客单价也不低,在十几年前也要每人四十多元。小店店面不大,开在一个老社区旧房过道改的小铺面里，桌子只有六张半。店里开始只有夫妻二人和七十多岁的岳母。老人负责传菜和收拾碗筷的工作，女主人在一个隔断里当着掌柜收钱的同时，也根据客人的订单从特制大锅里选配牛肉和盛饭。男主人在一间小小的后厨炒着莜麦菜、做着汤。小店就这样貌似漫不经心地经营着，没有做过广告，但就靠着口碑，生意一天天兴隆起来。后来人手不够，男主人的侄儿也过来帮忙。每天到了饭点，客人常常在外面排起长龙。一张可以坐四个人的简易餐桌，经常拼着互相不相识的四个人。为了提高翻台率，减少客人等待的时间，小店内是不允许饮酒的。来这里的食客，许多是回头客和由回头客引来的新客。老板娘一边盛着牛肉米饭，一边麻利地收着钱，老人和侄子根据自己的节奏收着碗筷、擦着桌子，招呼着每一位新来的客人，男人在后厨炒着菜。这种和谐景象日复一日，生意也越来越好。

随着来店里就餐次数的增加，我和他们全家逐渐熟悉起来。有时老板也抽空和我聊几句，我知道了他每天差不多四点起床，亲自到市场去选购最好的鲁西黄牛肉，货不好宁可不买；莜麦菜只选最新鲜的；大米和作料也只买大厂家的。这样就保证了食材的安全新鲜，也保证了每天饭食的口感。有一次和老板聊天，我开玩笑问他为什么不扩大经营，是不是小富即安？他慢条斯理地说，谁不想当大老板？但不急，慢慢来，先把这个小店做好。他说，我们城市最大的餐饮企业的老板也是这里的常客，曾经多次表示要一起合资开大一点的饭店，甚至直接提出要出几百万元买他的配方，但他都婉拒了。不是价格不合适，他是怕别人把关不严，做不出像他这样的厨品，辜负了一帮老食客。他说，就这样慢慢做、认真做。这可能也算是当今社会常说的工匠精神吧。

后来，小店所在的社区划入了拆迁的范围，夫妻二人就租了一个新店面，面积大了一些。这期间，岳母去世了，侄子回家结婚去了，于是老板把女儿和女婿叫到店里帮忙。装修一新的小店生意依然红红火火，老食客依然不离不弃。客单价虽然涨到六十多元，到了饭点客人还是要在门口排队等位。现在是女儿负责收款、招呼客人，妈妈只管配餐和打包外卖，后厨由老板和女婿掌管。太忙时女婿的爸妈也会来帮忙。就这样，这个小店在我生活的城市已经持续经营了二十多年，好这口的食客隔三岔五就会光顾一下。

从这个小店的创立和发展中我们学到了什么？一个不起眼的小店，在当今人们口味越来越刁的大饮食环境中，可以持续经营二十多年不倒，依然保持红火，这就是"小而美"企业的一个典型代表。

让我们来总结一下"小而美"企业的几个特点：

第一，创业门槛不再高不可攀，凭借秘制红烧牛肉饭配方即可持续经营二十多年，显示出小众品牌的威力所在。

第二，经营者一定要专业，专业，再专业。一定要保证质量，精耕细作，专注口味。老板每天早起认真严格地挑选食材，烹制也是亲自操作，一丝不苟，这样保证了口感，也就保证了产品的质量。

第三，价格合理。因为真材实料，认真烹制，所以每位顾客的消费不低，利润也相对不错。

第四，产品的市场定位准确，满足核心客户的体验感。小店一餐六十多元的客单价已经不低了，这个价格让小店固定了一批客户，让老板专心为这批客人服务，将有限的精力放在专为这些客人服务上，而不是将产品再细分为高、中、低档以吸引不同的顾客群。避免因精力有限造成捡了芝麻丢了西瓜的局面。

第五，向管理要效益，拒绝盲目扩张。小店宁可让客人等位也不盲目扩张的思路，可以从以下两点来分析：一是让客人适当等待，有意无意地暗合了饥饿营销的策略；二是小店目前是家庭式经营，不存在偷懒扯皮的情况，大家目标明确，每个人都尽心尽力。这充分体现出精细化管理、成本控制和制度的力量。

其实，我们的生活中无处不蕴藏着管理学，每一个成功的企业无不是在默默遵循着管理学的基本原理。一个企业无论是"小而美"，还是"大而全",都是根据消费市场的变化做改变,以适应生存环境,各自都有着自身的优点。许多企业和个人只想把事业做大,但是做大的同时能保证做强、做久吗?更何况现在企业为了做大、做上市,引入战略投资者,最终导致失去企业掌控权的例子比比皆是。一个企业"咬定青山",保持独特的企业文化,不盲目跟风扩张,锁定目标客户群,充分满足他们的体验感,同样保证了企业的良好运转,长久不衰。

(摘自《读者》2020年第15期)

## 读书有用吗
万方中

中国最大的反智根源在于"读书无用论"。"读书没什么用",这是最直接的一种说法。

与之相比,更多的是一种温和的"读书无用论":"我觉得经验比读书更重要。""你读的是书,我是在社会里读书,一样的。"

以上言论阐述的很多问题都是表面现象,问题的本质在于:过度依赖经验,而不是思维方式。人类对事物的认识往往来自两方面:书籍,以及经验。当他没有从书籍里获取思维时,那么,他剩下的就只有那点儿经验了。当一个人过度依赖经验,那么在他做决断时,经验、感觉、直觉混淆在一起,以致分不清哪些是经验、哪些是感觉、哪些是直觉、哪些是思维,正确与错误就更加分不清楚了。

## 现 象

因为身处制造业，我经常遇到各种各样的人。在这里，上到老板，下到员工，外到客人，内到熟人，你时刻都能体会到一股反智的倾向。

有时候聊着聊着，有人就来一句："哎，读书也不是那么有用的，你看你。"然后就不再说下去了，意思是："你读这么多书，最后还不是给老板打工？"

有的同事要炒股，我推荐他看几本书，而后他原封不动地还给我。比起这些，他们更喜欢看新闻，看市面上兜售的"某女这轮牛市爆赚 600 万"之类的劲爆新闻，讨论 K 线形态，寻找内幕消息。

还有的想创业、开工厂，却没有人想静下心来，充充电、看几本书、学点什么，他们给我的回答常常是："我觉得看书没那么重要，看了要用得上才行啊！我现在缺乏的是经验，真的，我很需要。你看我师父，斗大的字不识一个，照样走南闯北，他就是很有经验……"

人们喜欢对财富高谈阔论，对往事唏嘘感叹，对小道消息趋之若鹜，对名人大事件侃侃而谈。但是很少人想知道这些事件背后的理论和起因，更没有多少人会静下心来，拿本书慢慢研究。

## 缘 由

从 20 世纪 70 年代改革开放开始，中国发生了巨大的变化，改革开放对中国的经济产生了深远的影响，这个时代诞生了无数的机会，产生了无数的富翁。

有些人甚至不知道自己是怎么富的，就这样富起来了。人在财富面前，容易膨胀，过度地强调自己的能力，而忽略了客观因素的作用。

我们这个社会是非常现实的，经常会由结果来推导成因。当一个人成功的时候，你总感觉他说什么都是对的。因此，这些现象给了人这样的错觉：读书有什么用？能赚到钱、有能力才是本事。

相信这样的情况你们也经常遇到，你正看着书，突然走过来一个人，拍拍你的肩膀，对你说："哎，别读书了，还不如出来混几年社会，学的东西比书本上的多多了。你看某某某，从来不读书，还不是照样发大财，这个社会看的是能力。"

能力是什么？天知道。有的人认为是人脉，有的人理解为"资源"，还有的人理解为权力。

然而在我看来，这些解读，根本就没有指出问题的本质所在——过去的几十年，所有不依靠脑力、技术含量的暴富都是有前提的：因为信息的不对称。

什么叫信息不对称？我举个例子。

在中国的股市传奇里，你一定听说过"杨百万"这个名字。作为在中国股市里先富起来的那一部分人，无论你怎样评价他，杨百万这个名字，都已经成了一个传奇。

这个人是怎样完成他的原始积累的呢？有一天，他偶尔看报纸，发现一个现象：两个地方的国库券价格是不一样的。

这样，他就从价格低的地方买入国库券，然后拿蛇皮袋装上，坐火车去往另一个收购价较高的地方卖出。

他一年来回好多次，直到有一天，国库券不再存在差价，他完成了第一笔原始积累——人生中的第一个一百万，那一年是1989年。这笔钱，对于一个工厂的工人来说，毫无疑问是个天文数字——而他得到这一切，不是因为他读了什么书，而是因为他在某天某时某个地点，看到了一张神奇的报纸。

再举个例子：2000年，中国加入WTO的时候，外贸很好做，钱好像是捡来的。

因为那时候在中国开工厂的很少，竞争不完全，因此，外国人来中国，没什么议价的条件——当然，他们也不需要议价，那时候中国的商品，对于手持美元的他们来说，简直太便宜了。

100 块钱一双的真皮皮鞋，赚个 50 块钱都是常有的事——对于中国人来说，50 块钱很多了，那时候一个普通工人的月工资才一两千块。而对于外国人来说，这鞋子太便宜了，真皮的，一双才 100 块人民币。

竞争不完全，从本质上来说还是信息不流通。因为很多人并不知道做外贸赚钱，人们只有靠口口相传。口口相传的速度很慢，且难辨虚实。因此，制造业的老板们才有足够的时间完成原始资本积累。

这些需要读书吗？不需要。

在信息闭塞的年代里，你不需要技术，不需要知识储备，甚至不需要资金。

我记得我刚出生的时候，父亲做生意赚了不少钱，原因很简单：那时候改革开放刚开始，士、农工、商，商排在最末，大家都觉得做生意是一件很丢脸的事情，而我的父亲胆子大，敢拉下脸来推着板车出去叫卖，生意就这样做起来了。

是的，在那个时期你只需要胆子足够大，抓住了一个机遇，就有可能富起来。

"人关键要学会抓住机遇，有时候抓住一两个，足以影响你一辈子。"这不是很多前辈跟我们说的话吗？至于这个机会是从天上掉下来的，还是从你朋友的口中得来的，那就只有天知道了。或许你等了一辈子，也等不到这样的机遇。因此，许多人总有这样的错觉："好事总是发生在别人身上，倒霉蛋只有我一个。"

然而，现在情况变了，原因很简单：有了互联网。互联网诞生以后，信息就开始变得完全流通。

当信息完全流通以后，机会主义就相对少多了——你买国库券，上网就能买了，价格透明，不存在价差，再也没有套利的空间；做外贸，上 ebay 一搜，价格一目了然；你过去有权力，能作威作福，现在我用手机把你拍成视频传上网，你就有下岗的危险。

所以，现在我们感觉钱越来越难赚。你凭着机遇来获利的概率越来越小。信息充分流通，你能做的，别人在你的网店买个样品回来，三下五除二就复制了过来。最后跟你做一样产品的人越来越多，价格越拉越低，直到没有利润为止。

在信息闭塞的环境里，你不读书能靠着机会一夜暴富。在信息充分流动的环境里，没有了这些暴富机会，你能靠什么？靠的是真本事，若有什么机遇，也是出自对未来趋势的精确判断。

我不知道读书能在这场产业升级中起到什么作用，我只知道，不读书，没有知识，光靠经验、人脉、关系、钱、倒腾，在这场产业升级里将会很容易被淘汰。

## 总　结

困囿于现实，很多人不可能结识太多优秀的人物。然而，读书给了你一条接近优秀人物的途径。

我们在现实生活中的经验往往是片面的、呈点状的，你可能会因为一两次经历而顿悟出一两个弥足珍贵的道理，但很快，像以前很多次一样，激动了一两天，你马上就忘却了，以前该怎样现在还是怎样。原因在于，它们只是你脑海中零散的存在，并没有成为一个完整的知识体系，支撑着你，形成你的信仰。而书籍给你的是系统的知识归类和梳理，将所有的点连成一个面，进行系统归纳。书籍带给我们更多的是梳理问题的方法和思维方式，而这些，并不是经验能代替的。不仅如此，书籍还能带给人经验的补充。一个人不可能经历多重人生，然而通过读书可以，你看历史、看人物传记，能看到多彩多样的人生，从而总结出一般的规律。

就我个人而言，我出生的家庭并没有很好的读书氛围。我的父母跟很多父母一样，从一个贫穷年代走过来，他们"胃口"很大，但是能力有限。他们跟很多人一样，教给下一代的都是一些"江湖套路"。比如，我的父亲经常跟我说："你学习要讲方法啊。"至于什么方法，他从来没教过我。他以为，将这句话重复一万遍，我学习就能讲方法了。再来点压力、奖惩机制，就称之为教育。我的性格、我的思维、我的习惯，很多都是从书中得益，在后天慢慢矫正，天生并不具备。

从大数据来看，由中国新闻出版研究院组织的第九次全国国民阅读调查显示：2011 年我国人均读书仅为 4.3 本，远低于韩国的 11 本、法国的 20 本、日本的 40 本，更别提犹太人的 64 本了。中国是世界人均读书最少的国家之一。

无论调查的数据准确与否，我们大致可以得出一个结论：发达国家的阅读率，远高于我国的阅读率；一个国家发达与否，和全民阅读率密切相关。

我们现在需要讨论的根本就不是读书有没有用的问题，而是有没有读书的问题。很多把持着"读书无用论"的人本身是不读书的，或者读了书压根儿就没读懂的。你不怎么读书，却大谈特谈"读书有没有用"，这本身就是件很好笑的事情。事实上，很多人压根儿就不知道：自己在以另一种形式读书。

比如某老板，花了几千块钱，听完一场"成功人士的演讲"，满怀欣喜地跑过来跟我说："喂，你知道吗？昨晚我听了那个老师的演讲，真的收获颇丰。老师说，我们这个世界，有很多人之所以成功，是因为坚持。他的一个朋友，打高尔夫球从零开始学起。他的朋友告诉这位老师，虽然他是个新手，但是他只要坚持挥杆 1000 次，他就是个熟手；挥杆 1 万次，他就是大师……"

她还没讲完，我就听明白了，这位成功学演讲者讲的"我的朋友的故事"，其实就是改造版的"一万小时理论"。这个理论的源头，是格拉德威尔的《异类》。其实他们并不是不爱读书，只是懒、浮躁、耐不住寂寞。比起一个人费力地一行一行地阅读，他们更喜欢跟一群人坐在台下让别人讲故事给自己听，哪怕是花上点钱。一个人懒，就通常会对自己的行为做出一系列合理的解释，比如："读书无用论"。

所以，我觉得当这些人读了一些书以后，再过来讨论"读书究竟有没有用"这个话题会比较好。

(摘自《读者》2015年第19期)

## 去享受生命中更美好的事情

吴晓波

从我个人的成长经历来说，我们国家从 1976 年到今天，变化非常大。今天我们是世界第二大经济体，整个国家处于物质文明的盛世。同时这也是一个矛盾冲突的盛世，中国的整个环境受到了破坏，更糟糕的是我们的很多秩序被破坏了，就像天津的大爆炸，好像给大家撕开了一个伤口，这是很惨痛的一个现象。

### 大学，最幸运的是有集中的时间

学习我出生在一个非常拮据的知识分子家庭，1986 年进入复旦大学新闻系。我们这代人少年时期的阅读非常贫乏，因为那时候我们除了考试什么也没有，看课外书会被妈妈打。我记得当时读到一本金庸的书，才知道原来文字可以写成那样子。那时候从计划经济向商品经济转型，人们的思想慢慢开始解放，存在主义和解构主义哲学进入了中国的思想界。

我觉得大学时期比较幸运的是，能够有一些比较集中的时间去学习。那时候没有互联网，就是从教室到宿舍再到图书馆。读的书多了，就形成了一个非常有趣而庞大的知识体系。

我的大学就是我的青春期，读书也影响了我的价值观。所以现在到大学去演讲，总会说其实大学时应该把青春浪费在阅读上面，浪费在认识更多人、谈恋爱上面。大学时就开始创业赚钱，我觉得其实是一件悲哀的事情。大学是一个比较好的可以"浪费"的时期，你能够接触到你想要接触的偶像，然后去问他们。

到了大三的时候我有一个机会去认识社会，我觉得那对我一生的影响非常大。因为我是在城市里长大的，就活在一个自己的小世界里，对国家所有的了解都来自于书本。那时有一个机会去用脚丈量社会，我和一个同学想到南疆考察，当时没有钱，就在报纸上发消息搞众筹，得到了一位湖南企业家的资助。

我从上海出发，去了江西、湖南、湖北、贵州、云南、广西、福建。在湖南的一个县城，我看到当地一户农民家里有三个孩子，却只有两条裤子穿；在井冈山看到当地的泥巴房子。从那个时候起，我很少有愤怒的心态。我开始相信这个国家的进步需要各个阶层的妥协，需要渐进式地、一点一点地努力。

## 站在商业的视角，思想才能前进

我毕业后，很幸运地进入柳传志的公司。当时我就觉得要去企业里面看看，所以我从1991年开始到现在，从业24年，一直是在商业领域。我见过中国20世纪20年代出生的企业家，像吴仁宝，还有四五十年代的柳传志、王石，再到现在，很多企业家都是80后。我因此建立了比较宽泛的中国商业常识，看中国在那些时代用自己的方式犯一些常识性的错误，然后再改正错误。所以时间是最好的朋友，能够让你在一个宽度上去学习。

我在 1996 年的时候开始写第一本书，我对自己讲要干两件事：第一，我每年要写一本书；第二，我每年要看书。我们这代人经历过贫穷，很容易被名和利绑架，要站在商业的视角，思想才能前进。还好我是搞经济研究的，所以很早的时候就看到了国家经济发展、城市化发展、货币泡沫化。这些事情在日本发生过，在中国的台湾和香港发生过，在全世界所有的国家和地区都可能发生。

我也是慢慢找到写作方向的，就是企业案例研究，然后我慢慢培养起了自信，找到了写作的空间，到现在被定义为财经作家。2004 年的时候，我去哈佛做了 4 个月的访问学者，去做民营企业调研。那时我发现，中国本轮经济的成长在北美的学者看来非常弱势，很多经济发展、产业发展有很多误判。我想讲清楚我们自己能走过来，便以中国的企业变革为轴心来研究。我认为 1978 年以来中国经济的发展有 3 个层面：一是国有资本，一是民营资本，一是外资资本。实际上我们到今天还没有走出这 3 个层面。

王石说他总问自己两个问题，我们这代人从哪里来？我们这代人的商业精神从哪里来的？中国人讲究传承，我们这代人的传承是什么？很长一段时间，我都找不到答案。但我认为我并没有触及中国的发展史，1978 年以后中国经济的变革并不是一个独立的事件，而是一个非常漫长的全球化背景下的工业社会发展史。我通过研究吴敬琏几十年的人生经历，看到的是 1949 年以后中国的一代经济学家，怎样用自己的智慧构建命题，然后怎样自我完善、自我发展，又怎样有勇气在他们的丰满时期重新解构。

所以我用 10 年时间做了这些事，我写了激荡、跌宕、浩荡，这是我写作的一些体会。

## 再穷也要站在富人堆里

现在，我们用手机获取信息，很多的资讯是来自朋友圈的社交环境里。即便如此，我发现我还能写，却不知道我的读者在哪里。我找不到我的读者，我就想怎样去训练人们看书，我开始做一个自媒体的通讯平台。这个环境非常陌生，读者却非常真实，每天都会在后台看到骂我的数据，各种各样的，天天被骂，压力就会越来越大，反应越来越大。我觉得很高兴的是中国真的还有很多人跟我一样，相信商业正当前，愿意汲取很多的财经知识，让自己在商业里面驻足。

这是我这些年来做过、经历过的事情。最后有几句话跟大家分享。

第一句话，我们必须有一份不以此为生的职业。这是我在大学时就说过的，我是个人主义者，只相信个人，只相信命运掌握在自己的手中，然后让自己能够在思想和经济上集中。

第二句话，我要分享的是努力，因为我是一个功利心很重的人。

第三句话，一切改革都是从违法开始的。刚听说这话的时候我觉得很震撼，后来觉得因为当时都是计划经济，违法的行为就是改变，要改变事情的本质。所以我常常认为中国民营企业是制度经济。

再穷也要站在富人堆里。因为做商业有一点比较重要，就是要建立正确的财富状态。长期以来，中国的知识分子，或者说中国的经济阶层对金钱有一个非常不好的看法。我们说视金钱为粪土，也因为视金钱为粪土，中国五千年的文明中就免不了为富不仁、杀富济贫。如今，中国已经是全球第二大经济体，但是我们没有在公民教育中进行自我教育：人与财富怎样构成一个正当的关系？如果人一生永远纠结在财富中，是很难的。我们的老一辈都相信，再有钱还要工作，就是想要知道这辈子到底能赚多少钱。

我认为在今天这样一个全球化的商业社会中，让自己能够过上体面的中产阶级生活甚至更好的生活，是一个挺美好的事情。吃好的、穿好的，好好地旅行、享受生命，这些都是美好的事情。我不认为贫穷或者清贫是值得骄傲的事情。

大概是30岁以后，开始觉得人是群体动物，好朋友见一面少一面，而且好朋友越来越少。人到了成年以后结交好朋友的时间越来越少，会发现很多好朋友是中学朋友、大学朋友，工作后交朋友的成本越来越高，所以要珍惜自己的好朋友。

"我最大的错误，是没有花光所有的钱。"讲这话的是台湾作家林海音，小说《城南旧事》的作者。一个人要学会花钱，我们在学会赚钱的时候要学会花钱。

最后一句话：生命就应该浪费在美好的事物上。这句话是我讲给我女儿听的。我年轻的时候是没有资格讲这句话的，我女儿跟我不一样，她过着跟我不一样的生活。当时家里的想法是她能够考上全球排在前一百名的大学就好，但她说喜欢流行歌曲，后来退学，考电影学院。所以我说要把生命浪费在美好的事物上，我们的后代不应该像我们一样紧张，他们可以选择自己爱好的东西。

这句话其实也是说给我自己听的，一个人大概过了中年以后应该让自己放松一下。我觉得在中国，野蛮式的财富暴发年代已经结束了，早年那一代人在商业上的束缚太大了，而我们今天这一代是完全不同的，我们应该让生命从商业当中释放出来，去享受生命中更美好的事情。

（摘自《读者》2015年第21期）

## 分享经济究竟改变了什么
谈婧

分享经济的诞生,源于社会资源的过剩。

从工业革命时代开始,所谓的"发展"就遵循着一个公式,即生产效率提高、投资不断加大,从而带来产量的增加。

举个例子,过去一家工厂 1 小时可以生产价值 100 块钱的东西,后来技术进步,生产效率提高了,1 小时可以生产出价值 200 块钱的东西。资本家又投资盖了第二家工厂,于是每小时一共可以生产出价值 400 块钱的东西。这样一来,人们就有了更多的产品,社会就发展了。这样的"发展"基于一个基本假设,那就是,社会物资是短缺的。

时至今日,人类社会已经在相对比较和平的环境中发展了许多年,工厂里生产出越来越多的东西。直到某一天,世界上的一部分人发现,我们生产出的某些东西已经远远大于我们的需要,只不过这些东西因贫富不均而分配到了不同的人手中。所以,我们也许不需要生产更多的东西,只需要把已经存在的东西重新分配，就可以让每个人的情况都变得更好（在经济学里，这叫"帕累托改进"），这样，社会也随之发展了。

此时，物品的"拥有权"和"使用权"可以分离，拥有一件物品的人和使用这件物品的人可以不是同一个人。这样物资就可以得到更加合理的分配，从而成为一种商业模式：拥有多余物资的人们，可以把物资的使用权让渡给不拥有物资的人，作为回报，后者给予前者一定的报酬，而提供这个服务的平台，也可以从报酬中抽取一定比例的佣金。

分享经济由此产生。

虽然分享经济在近些年才火起来，但它并不是一个刚出现的概念。我们所熟悉的房屋租赁，其实就是一种典型的分享经济。房屋的拥有者将房屋出租给没有房子的人，从而获得租金。但是，在移动互联网普及以前，交易线索被掌握在线下的房地产中介手中，以一种"模拟"的形式存在。它没有被数字化，不公开透明，无法被检索，无法按照地理位置获取，无法随时随地方便地调取，无法形成网络效应。因此，它无法承载更加高频的使用方式（比如短租），也无法拓展到更加低价的领域（因为交易成本太高）。

近年来随着移动互联网技术的成熟和迅速普及，以上限制终于被突破了。一个又一个线下现存的物资被放到移动互联网上，分享经济的创业者们，创造出一个又一个细分领域的平台，供物资的所有者发布和分享，帮助有需要的人找到物资。不同的分享经济领域，被数字化的程度有高有低，有的将一条线索数字化（比如房屋租赁线索），有的则将一个体验数字化（比如将挥手招车的动作数字化）。

与此同时，分享经济在中国的各个领域全面开花。在不经意间，我们生活的方方面面，我们衣食住行的各个领域，都出现了分享经济的身影。分享经济不仅改变了传统的消费方式，在许多领域，也都出现了不同的模式，高频的、低频的，大众的、小众的。

那么，分享经济究竟改变了什么呢？

首先，它改变了供给端。

分享经济让产品的供给方从机构变成了个人，原先不可能成为供给方的个人，现在能够成为供给方。比如，原来人们出去旅行，只能住酒店集团提供的酒店，而分享经济让个人房主也可以提供相当于酒店的服务。原来人们只能坐出租车公司提供的车子，现在则还能坐个人开的私家车。

拓展了供给端的范围之后，分享经济极大地提升了产品的丰富度和个性化水平。人们旅行的时候可以住各种风格的房子，满足不同人数和不同旅行风格的需要，可以和各种不同背景的房主聊天，更加深入地了解当地的风土人情。人们出行的时候可以坐各种不同的车型，看到各种不同的车内装饰，遇见各种个性的司机。如果说，在工业时代，人们习惯于使用大工业化生产的标准品，那么当物资极大地过剩之后，人们个性化的诉求就变得更高，分享经济正好可以满足这一点。

其次，它让个人崛起。

分享经济降低了个人"微创业"的门槛。原先，打工和创业之间有着严格的界限，拿工资和做一大摊子生意，两者之间的心理门槛很高，实际转变很难。分享经济提供了大量的流量和便捷的基础设施，让人们可以更简单地实现"微创业"——利用业余时间，做个小房主，做个专车司机，做个"在行"专家，都是简单方便的"微创业"。

用户对个性化的需求，让作为供给端的个人，能够有空间发展自己的个性。比如，加入共享网站的房主，可以在房间里展示自己的个性，并且获得反馈；比如，加入网络商店平台的手工艺者，可以把自己的个性作品售卖给匹配的人。

伴随着"微创业"的门槛降低和个性化被鼓励，人们的思维方式也发生了变化，人们开始从打工者思维向主人翁思维转化。人们的内在动力被激发，更积极主动地思考和行动，个人的重要性相对于机构得到了提升，个人的能力也得到了提升。这对社会来讲是很重要的事情，每个人能力的激发将成为社会经济发展的更大推动力。

最后，它让社会资源得到更有效的分配。

分享经济让我们不用建更多的酒店也可以接待同样多的游客，不用购买更多的车辆也可以承载一样多的城市出行，不用买更多的衣服也可以每天换衣服穿……它让资源被更加合理地分配给需要的人。这对于我们所生存的自然环境，是极大的保护。

Uber 网站曾经做过一项数据统计，每多一辆被充分利用的 Uber 车辆，就可以从路上去掉 8 辆车子。这就意味着更少的拥堵、更少的雾霾和更少的能源消耗。

（摘自《读者》2017 年第 15 期）

## 晴窗一扇

林清玄

登山界流传着一个既又美丽又哀愁的故事。

传说有一名青年登山家,在一次登山的时候,不小心跌入冰河之中;数十年之后,他的妻子到那一带攀登,偶然在冰河里找到已经被封冻几十年的丈夫。埋在冰河里的青年还保持着他年轻时的容颜,而他的妻子已经是两鬓飞霜,年华老去了。

我第一次听到这个故事时,整个胸腔都震动起来,它是那么简短,却那么有力地说出了人处在时间和空间之中的渺小。人生有许多机缘巧遇,其实正如同这对夫妻数十年后在冰河相遇。

许多年前,有一部电影叫《失去的地平线》,影片中的地方是没有时空的,人们过着无忧无虑的生活。一天,一名青年在登山时迷路了,闯入了这里,并爱上了一位美丽的少女。少女向往人间的爱情,青年也急于带少女回到自己的家乡,两个人不顾大家的反对,越过地平线的谷口,穿过冰雪封冻的大地，历经千辛万苦才回到人间。不料在青年回头的那一刻，少女已是满头银发，皱纹满布，风烛残年了。故事在幽婉的音乐和纯白的雪地上揭开了哀伤的结局。

本来，生活在失去的地平线的这对恋人，他们的爱情是真诚的，也都有创造未来的勇气，他们为什么不能有圆满的结局呢？问题在于时空，一个处在流动的时空，一个处在不变的时空，在他们相遇的一刹那，时空拉远，就不免跌进哀伤的迷雾。

最近，由白先勇的小说《游园惊梦》改编的舞台剧在台北公演。我少年时代几次读《游园惊梦》，只认为它是一个普通的爱情故事，待年岁稍长，重读这篇小说，竟品出浓浓的无可奈何。

经过数十年的改变，它不只是一个年华逝去的妇人对风华正茂的少女时代的回忆，更是对时空流转之后人力所不能为的忧伤。时空在不可抗拒的地方流动，到最后竟使得"一朝春尽红颜老，花落人亡两不知"。

"时间"和"空间"，这两道为人生织锦的梭子，它们的穿梭来去是如此无情。

在希腊神话里，有一座长生不老的神仙们所居住的山，山口有一个大的关卡，把守这道关卡的就是"时间之神"。它把时间的流变挡在山外，使得那些神仙可以永葆青春，可以和山、太阳、月亮一样永恒不朽。

作为凡人的我们，没有神仙一样的运气，每天抬起头来，眼睁睁地看着墙上挂钟嘀嘀嗒嗒转动的匆匆脚步，即使坐在阳台上沉思，也可以看到日升、月落、风过、星沉。有一天，我们偶遇少年时的游伴，发现他略有几根白发，而我们的心情也将近中年了。有一天，我们突然发现院子里的紫丁香花开了，可是一趟旅行回来，花瓣却落了满地。有一天，我们看到家前面的旧屋被拆了，可是没过多久，又盖起一栋崭新的大楼。有一天……我们终于察觉，时间的流逝和空间的转移是如此的无情和霸道，完全没有商量的余地。

中国的民间故事里也时常描写这样的情景：有一个人在偶然的机缘下到了天上，或者游了龙宫，十几天以后他回到人间，发现人事全非，顿觉手足无措；因为"天上一日，世上一年"，他游玩了十几天，而世上已过了十几年。十几年的变化有多大呢？大到你回到故乡，却找不到自家的大门，认不得自己的亲人。贺知章的《回乡偶书》很能表达这种心情："少小离家老大回，乡音无改鬓毛衰。儿童相见不相识，笑问客从何处来。"数十年的离乡，甚至可以让主客易势呢！

佛家说的"色相是幻，人间无常"，实在是参透了时空的真相。

《水浒传》的作者施耐庵在该书的自序里有短短的一段话："每怪人言某甲于今若干岁。夫若干者，积而有之之谓。今其岁积在何许？可取而数之否？可见已往之吾，悉已变灭。不宁如是，吾书至此句，此句以前已疾变灭，是以可痛也！"

意思是，我常对别人所说的"他现在若干岁"感到奇怪，若干，是积起来可以保存的意思，而现在他的"岁"积存在什么地方呢？可以拿出来数吗？可见以往的我已经完全改变、消失，不仅是这样，我写到这一句时，这一句以前的时间也已经很快改变、消失，这是最令人心痛的。这话道出了一个大小说家对时空的哀痛。

古来中国的伟大小说，只要我们留心，几乎全包含一个深刻的时空问题。《红楼梦》里的花柳繁华温柔富贵，最后走到了时空的死角；《水浒传》中的英雄豪杰重义轻生，最后下场凄凉；《三国演义》里的大主题是"天下大势分久必合，合久必分"；《金瓶梅》是色与相的梦幻湮灭；《镜花缘》是水中之月，镜中之花；《聊斋志异》是神鬼怪力，全是虚空；《西厢记》是情感的失散流离；《桃花扇》更是明了地道出："眼看他起朱楼……眼看他楼塌了。"

这些文学作品几乎无一例外地说出了人处在时空里的渺小，中国民间思想对时空的递变有很敏感的触觉。

西方有一句谚语："你要永远快乐，只有向痛苦里去找。"正道出了时空和人生的矛盾，我们觉得快乐时，偏不能永远，留恋着不走的，永远是那令人厌烦的东西……这就是在人生边缘不时捉弄我们的时间和空间。

柏拉图写过一首两行的短诗：

你看着星吗，我的星星？

我愿为天空，得以无数的眼看你。

人可以用特别美的句子、特别美的小说来写人生，但可惜我们不能是天空，不能是那永恒的星星，我们只有看着消逝的星星感伤的份儿。

有许多人回忆过去，恨不能与旧人重逢，恨不能让年华停驻，但事实上，即使真有一天与故人相会，心情也会像在冰雪封冻的极地，不免被时空的箭射中而哀伤不已吧！日本近代诗人和泉式部有一首有名的短诗：

心里怀念着人，

见了泽上的萤火，

也疑是从自己身体出来的梦游的魂。

我喜欢这首诗的意境，尤其"萤火"一喻。我们怀念的人何尝不是夏夜的萤火，忽明忽灭，或者在黑暗的空中一转眼就远去了，连自己梦游的魂也赶不上。

时空的无情无边无尽，它终究会把一切善恶、美丑、雅俗、正邪、优劣都洗涤干净，再有情的人也无力挽救。那么，我们是不是就因此而失望颓丧、优柔不前呢？是不是就坐等着时空的变化呢？

我觉得大可不必，人的生命虽然渺小短暂，但它像一扇晴窗，是由人自己小小的心眼来照见大的世界。

一扇晴窗，在面对时空的流变时飞进来春花，就有春花；飘进来萤火，就有萤火；传进秋声，就来了秋声；侵进冬寒，就有冬寒。闯进来情爱就有情爱，刺进来忧伤就有忧伤，一任什么事物到了我们的晴窗，都能让我们更真切地体验生命的深味。

只是既然是晴窗，就要有进有出，曾拥有的幸福，在失去时窗还是晴的；曾被打击而受的重伤，也有能力平复；努力维持着窗的明净，如此任时空的梭子如百鸟在眼前乱飞，也能有一种自在的心情，不致心乱神迷。

(摘自《读者》2019年第24期)

## 猫 话

王 蒙

作家养猫、写猫，古已有之，于今犹盛。

20世纪60年代，丰子恺先生写过一篇谈猫的文字，说养猫有一个好处，遇有客至而又一时不知道与客人说什么好，便说猫。

说猫，也是投石问路，试试彼此的心扉能够敞开到什么程度。

那么，我也给读者们说说猫吧。

猫的命运与它们的主人之间，有什么关系呢？

夏衍与冰心都是以爱猫著称的。据说夏公之前养过一只猫，后来夏公落难，被囚多年，此猫渐老，昏睡度日，乃至奄奄一息。终于，夏公恢复自由，回到家，见到了老猫。老猫仍然识主，兴奋亲热，起死回生，非猫语"喵喵"所能尽表。此后数日，老猫不饮不食，溘然归去。

或谓，猫是一直等着夏公的。只有在等到了以后，它才撒爪长逝。

闻之怆然，又生"人不如猫"之思。

冰心家里养着两只猫，都是白猫。一为土种，一为波斯种，长毛碧眼。按当今神州时尚，自是后者为尊为宠。偏偏冰心老人每次都要强调，她不喜欢碧眼波斯猫——像个外国人。她强调碧眼波斯猫是她女儿吴青的，土猫才属于她自己。她称她的褐眼土猫为"我们家的一等公民"。她把她与猫的合影送给我与妻，照片上一只大猫占了三分之二到四分之三的位置，老人叨陪末座。

刘心武也养猫，是一只硕大无朋的波斯猫，毛洗得雪白纯净，俨然贵族，望之令人惊喜，继而心旷神怡。唯该猫对待客人十分淡漠，它能引起你的兴趣，你却引不起它的兴趣。面对这样品种优良、贵族气质的大白猫，你似乎也得略感失落。

刘家还另有一只土猫。刘心武曾经撰文维护万有的生存权利与猫猫生而平等的观念，说他钟爱波斯猫而绝不轻慢土猫。这种轻重亲疏的摆法，又与冰心老人不同了。

我也喜欢养猫。"文革"期间我在新疆伊犁，养了一只黑斑白狸猫，取名"花儿"，是我所在的巴彦岱红旗公社二大队的看瓜老汉送给我的。这只猫善解人意，我们常常与它一起玩乒乓球。我与妻各在一端，猫在中间。我们把球抛给猫，猫便用爪子打给另一方，十分伶俐。花儿特别洁身自好，绝不偷嘴。我们买了羊肉、鱼等它爱吃的东西，它竟能做到非礼勿视、非礼勿行，远远知道我们买了东西，它却避嫌，走路都绕道。这样谦谦君子式的猫我至今只遇到过这么一只。

这只猫时时跟着我。我在农村劳动时，它跟着我下乡。遇到我去伊犁河畔的小庄子整日未归时，它就从农家的房顶一直跑到通往庄子的路口，远远地迎接我。有时我骑自行车，它远远听到我那破旧自行车的响声，便会跑出来相迎。我回伊宁市家中，也把它带到城市。最初，这种环境的变异使它惊恐迷惑，后来，它似乎明白了是怎么回事，习惯于"双栖"生活，不以为"异"了。

花儿的结局是很悲惨的。可能它过于"内外有别"了：它在家里表现得克己复礼，但据说常在外面偷食。毕竟是猫。花儿偷食了人家的小鸡，被人下了毒饵——真可怕，人是世界上最残忍的动物，鸡的主人在一块牛肉里放了许多针，我们亲爱的花儿在生育一个月、哺乳期刚满之后中毒针死去。它死得多么痛苦呀！

我现在也养着猫。与夏公、冰心、心武的猫相比，我的猫不修边幅，不仅邋遢，简直是肮脏。一些养猫的行家对我嗤之以鼻，认为我根本不配加入宠猫者的行列。这里的关键问题是，他们这些宠猫者养的猫都是阉割过的无"性"猫，是一些大太监二太监小太监之流（请二位前辈及心武老弟原谅我）。对人来说，它们太可爱太漂亮太尊贵了，但对它们自身来说，这算是得宠了吗？这算是幸运吗？以阉割作为取宠的代价，是不是失去得太多了呢？

我养的猫完全是率"性"而为。我们家有一个小院，四株树，猫爬树上房，房顶上是它的自由天地。叫春的时候，它引来一群"男友"，有大黄狼猫、黄白花猫、黑白花猫、纯白猫，在房上你唱我和，你应我答，你哭我叫，煞是热闹。人不堪其吵闹，蒙也不改其乐。人需要 love（爱），猫没有 love 行吗？蒙甚至纵容猫儿的"自由化"到这种程度：大黄狼猫竟敢大白天从树上蹿到我们的院子，捉我们养的小白猫当众寻欢。世风日下，猫心不古，呜呼善哉！

王蒙是以猫本位的观点而不是以人本位的观点来养猫的。我养的猫又野又脏，参加选美是没有戏的，但我仍然为王蒙养的猫而庆幸。

（摘自《读者》2020 年第 22 期）

## 没来得及的告别

拾 遗

真正的告别几乎都是这样：既没有长亭外古道边，也没有劝君更尽一杯酒，我们还想着来日方长，却已见完了此生最后一面。

国学大师季羡林少小离家，很少回去。直到有一天，母亲突然去世。季羡林连夜从北京赶回老家，送母亲入土。回到老家，他看到的是一口棺材，母亲的面容再也看不到了。村里的宁大婶对季羡林说，你娘临走前，一直唠叨两句话。第一句是："早知道送出去就回不来，我怎么也不会放他走的！"第二句是："儿啊！你让娘想得好苦呀！离家八年，也不回来看看我。你知道，娘心里是什么滋味呀！"季羡林听到这两句话，伏在土炕上，一直哭到天明。后来，他写了散文《赋得永久的悔》，文中写道："看到了母亲的棺材，看到那简陋的屋子，我真想一头撞死在棺材上，随母亲于地下。我后悔，我真后悔，我千不该万不该离开了母亲。世界上无论什么名誉、什么地位、什么幸福、什么尊荣，都比不上待在母亲身边。"

一个叫皓皓的 6 岁孩子，手里经常拿着一辆玩具直升机。他的妈妈叫张静，爸爸叫赵朋。2013 年，赵朋出国打工的时候，皓皓才几个月大。如今，皓皓早就会喊妈妈了，也早就会叫爷爷奶奶了，但对爸爸没有概念。现在，张静最怕的事情，就是儿子突然问："我爸爸呢?"有一次赶集，张静抱着皓皓买衣服，看到一件 T 恤上印着"爸爸去哪儿"，她立刻扔下衣服，抱起皓皓就逃了。张静这辈子最后悔的一件事，发生在 2014 年 3 月 7 日。那天，赵朋结束了劳务合同，准备搭乘第二天的马航 MH370 回家。晚上 10 点，赵朋联系张静："跟我视频吧。"他想看看刚满周岁的儿子。但张静拒绝了："孩子已经睡了。"她想，反正他明天就回来了，但万万没想到，这竟是永别。第二天，MH370 就出事了。跟赵朋一起"失踪"的，还有 152 名中国乘客。现在，张静总喜欢唠叨一句话："我咋没和他视频呢，连他最后一面都没有见到。"

前段时间，听一个大 V 说了一件事。前几年，他无意中看到一句话："人能够维持的社交圈不超过 150 人。"看完之后，他做了一件事情：打开 Excel，从 5000 个微信好友里，选了 150 个人写上去，并按照亲疏程度分成五级。一级至交 10 人，二级朋友 20 人，三级熟人 30 人……写的时候他觉得，一级永远都不会变，最多随着时间流逝，被挤到二级。可前段时间，他整理过这个表格后，说："有些曾写在'一级'里的人，已见过了此生最后一面。"

真正的告别总是出人意料，很多我们生命中最重要的人，都是在某个平淡无奇的日子里，穿着一件普通的旧外套，像往常一样出门后，便再也没有回来。

又是一年毕业季，有很多同学高中毕业，也有很多同学大学毕业。我在微博上看到一段话，特别令人伤感——

高考前的最后一次语文课，老师听写了全班人的名字，然后说了一句话："考完试，这辈子，这个班基本是聚不齐了。"那时候，我不太懂这句话的含义。多年以后，我才明白，很多人在你没有意识到的时候，已经与你见过了此生最后一面。

某大学发了一个通知：因为疫情，原则上学分已修满，无重修、无考证需要的同学不用返校。个人相关物品，届时将由老师和同学一起帮忙整理，并统一由学校出资邮寄。这个通知发出后，一位同学对另一位同学说："没想到啊，我们的最后一面居然早就见完了。"

一直觉得这世上的告别仪式有很多，比如喝酒，比如旅行，比如痛哭一场，比如折柳相送。后来才知道，人生中大部分告别都是悄无声息的，原来某天的相见，已是最后一次。此后即便不是隔着万水千山，也再没有相见的机会。

其实，人生就是不断失去的过程，为了不留遗憾，我们要做的是：

第一，好好珍惜每一次告别。

米兰·昆德拉说过一句话："这是一个流行离开的世界，但是我们都不擅长告别。"

我们确实太不擅长告别了，以至于我们总是漫不经心地见最后一次。很多藏在心里想表达的话，都大胆地讲出来吧！别总以为来日方长，你不知道哪一句就是最后一句，哪一眼就是最后一眼。每一次分开都要好好告别，因为，那一瞬过后才知道是永别。请好好珍惜每一次告别，哪怕是朝夕相对的爱人，也别忘了分别时给他们一个拥抱。

第二，感谢所有从我生命中路过的人。

借用村上春树的句子："你要记住大雨中为你撑伞的人，帮你挡住外来之物的人，黑暗中默默抱紧你的人，逗你笑的人，陪你彻夜聊天的人，坐车来看望你的人，陪你哭过的人，在医院陪你的人，总是以你为重的人……"

尽管我们此生可能再无交集，但是你们组成了我生命中的一点一滴，谢谢你们带给我的快乐和温暖。如果我知道那天是最后一面，我一定会不舍地紧紧拥抱你，然后微笑着说："请好好照顾自己，再见！"

（摘自《读者》2020年第17期）

# 王二的经济学故事

郭 凯

某地发洪水，道路被阻断。里面的人出不去，外面的人也进不来。不久，就有不少人家断炊了。

王二是个开粮店的，所以手里有点粮。王二决定施粥行善，解决灾民一时的困难。王二面临的问题很现实也很严峻：有1000个人需要吃饭，但是王二只有供100个人吃的粮食。

王二为此事感到很苦恼，100个人的粮食分给1000个人，给谁不给谁？王二的儿子学过一点入门的经济学，觉得此事很容易。他说："爸，需求曲线向下倾斜，价格越高需求越少。最好的方式是，你不应该施粥，而是应该卖粥，卖给出价最高的那100个人。这样事情不就简单了？大家不用排队，也不用打架，你也不用操心分给谁不分给谁，看不见的手都替你搞定了，人家亚当·斯密几百年前就把这件事情想通了。你看，还是学点经济学有用吧？"

王二觉得此事不妥，说："你这不是让我赚黑心钱吗？而且，这样一来，最后粥不都给那些富人买去了，穷人不就只能挨饿？"

儿子的回答很简单："爸，你怎么就想不明白？你不卖高价，别人拿去之后，照样能转手高价卖出去，最后还不是一样？这就叫'黄牛'。再说，你卖粥的价格公开透明，又没有公开歧视穷人。穷人要是真饿了，一样也会愿意出高价；不出高价，说明人还没有饿到非吃不可的地步。你不用觉得有什么不安的。"

王二还是觉得不妥，说："我还是按先来先得的顺序免费施粥吧。这样，我觉得更公平一点。"

王二的儿子立刻说："爸，这一点也不公平！凭什么先来的就是最需要喝粥的？先来的都是时间宽裕的。而且，这样会造成很大的浪费。许多人都要排一晚上的队，这不是浪费时间吗？最后，你还是不能阻止人拿到粥之后再转手卖掉，最后粥不是还会落到愿意出高价的人手里？你想违背经济规律，最后不但解决不了问题，还会增加麻烦。"

王二说："麻烦就麻烦吧，我觉得先来先得更合理，你别再多说了。"

每年到春运时，火车票该不该涨价就成了一个热门话题。需要看明白的是，火车票票价问题实际上是有限的火车运力如何在人群中分配的问题。有1000个人想坐火车回家，铁路系统却只能提供800个座位，让谁上车谁不上车就成了一个令人头疼的问题。事实上，对供不应求这个基本矛盾，火车票的分配是不存在完美的解决方案的，因为无论怎么解决，最后都会有200个人不能坐火车回家。任何觉得自己有绝妙方案解决车票问题的人恐怕都得虚心承认，其实不存在绝妙方案。

面对供不应求的情况，最经典的解决方案，在绝大多数情况下也是正确的解决方案，就是提价。物以稀为贵，火车票少，所以贵，这是一个很简单的道理。所以那些主张提价的建议是完全有其合理的一面的。

但我们必须意识到，火车票提价是有分配后果的。这里面有两层不同含义的分配后果。如果整个人群的收入是完全一样的，唯一不同的只是他们坐火车回家过年的意愿，那通过提价，可以有效地让那些最想坐火车回家的人最终买到票，这样的分配后果恐怕无可厚非。问题是我们的人群收入不完全一样，有些人很有钱，有些人一般有钱，有些人没什么钱。在我们很轻松地提出通过价格手段挤出 200 人的时候，我们必须意识到，这被挤出的 200 人不会是一个随机的群体。因此，第一层次的分配含义是，通过提价，我们挤出的是否恰恰是社会里的弱势群体？这就像王二所担心的，如果他让出价高者得粥，会不会最后没粥吃的都是穷人？

还有就是，即便那些最终买到票的人，提价之后，他们都必须付更多的钱才能回家。因此，提价的另一个分配含义就是，乘客要给铁道部交更多的钱，才能获得与过去相同的服务。和王二一样，铁道部确实得面对是不是在赚黑心钱的问题。

因此，反对火车票提价的人也是有理由的，而且他们的理由在任何意义上也不比支持提价的人更弱。

有人会说，等等，反对提价的理由似乎适用于任何商品，难道说任何时候提价都得考虑分配后果？从某种程度上说确实如此，这也是通货膨胀是经济面临的一个大敌的原因之一。不是所有人都会在通胀的时候受损，通胀对低收入群体的影响更大，所以通胀往往会导致严重的政治后果。但应对通胀的办法当然不应该仅是限制提价，而是从根源上消除通胀，比如说收紧货币。

回到春运火车票的问题，春运火车票至少有 4 点使得它很特殊，使得它不同于一般商品。一是春运回家的需求是一种弹性很小的需求。虽然说春节回家是一种刚性需求恐怕过度了，刚性需求是指人们会不惜一切代价都要满足的需求，但一般人大概都会同意，春节团聚对中国人来说很重要，因此不会因为票贵一点就不回家。这意味着，如果通过提价来抑制客流，那价格必须提得很高才可能奏效，这就加剧了前面提到的分配后果问题。二是春节回家是一个非此即彼的选择：回家或者不回家。房子也是必需品，但房子贵了，你还可以选择买得小一点，住得远一点，而不是完全没有房子住。回家不一样，你不能选择回一半家，只能是回或者不回，因此，火车票提价和比如说居民用水提价的后果是不一样的。居民用水提价的结果是所有人可能都会少用一点水，最后达到节水的目的；火车票提价的结果是硬硬地用价格挤出200人，而不是说1000个人每个人少坐20%，这还是加剧了前面说的分配后果问题。三是铁路的供给对价格不敏感，不论是短期还是长期。正常的商品，如果供不应求，价格上涨，很快供给就会上来，然后把价格拉下去，因此价格的上涨是一个有效的信号，可以拉动供给。铁路是个垄断部门，铁路运力的增长恐怕和价格没有直接关系。四是春运票价的水平并不直接影响效率。水价定低了，会造成水的浪费；电价定低了，会造成电的浪费；春运票价定低了，不会造成运力的浪费——没有人会因为火车票便宜就多坐几次火车的。

归根结底，有关春运火车票是否该提价的辩论不只是一个价格问题的辩论，更是一个分配问题的辩论。

（摘自《读者》2012年第21期）

# 君子的尊严

王小波

笔者是个学究，待人也算谦和有礼，自以为算个君子，实际上是不是，还要别人来评判。总的来说，君子是有文化、有道德的人，是士人，或称知识分子。按照中国的传统，君子是做人的典范。君子不言利，君子忍让不争，君子动口不动手，君子独善其身……这都是老辈人传下来的规矩，时至今日，以君子自居的人还是如此行事。我是宁做君子不做小人的，但我还是以为，君子身上有些缺点，不配作为人的典范——他太文弱、太窝囊、太受人欺。

君子既然不肯与人争利，就要安于清贫。但有时不是钱的问题，而是尊严的问题。前些时候在电视上看到北京的一位人大代表发言，说儿童医院的挂号费是一毛钱，公厕的收费是两毛钱。很显然，这样的收费标准有损医务工作者的尊严。当然，发言的结尾是呼吁有关领导注意这个问题。有关领导点点头说："是呀，是呀，这个问题要重视。"我总觉得这位代表太君子，没把话讲清楚。直截了当的说法是："我们要收两块钱。谁要是觉得太贵，那你就还个价来。"这样三下五除二就切入了正题。这样说话比较能解决问题。

君子不与人争，就要受气。举例来说，我乘地铁时排队购票，总有些不三不四的人到前面加塞。说实在的，我有很多话要说：我排队，你为什么不排队？你忙，难道我就没有事？但是碍于君子的规范，讲不出口来。话憋在肚子里，难免要生气。有时气不过，就嚷嚷几句："排队，排队啊。"这种表达方式不够清晰，人家也不知是在说谁。正确的方式是，指着加塞者的鼻子，口齿清楚地说道："先生，大家都在排队，请你也排队。"但这样一来，就陷入与人争论的境地，肯定不是君子了。

常在报纸上看到这样的消息：流氓横行不法，围观者如堵，无人上前制止。我敢断定，围观的都是君子，他们也很想制止，但怎么制止呢？难道上前和他打架吗？须知君子动口不动手啊。我知道英国有句俗话："绅士动拳头，小人动刀子。"假如在场的是英国绅士，就可以上前用拳头打流氓了。

既然扯到了绅士，就多说几句。有个英国人去澳大利亚旅行，过海关时，当地官员问他是干什么的，他答道："我是一个绅士。"因为历史的原因，澳大利亚人不喜欢听这句话，尤其不喜欢听到这句话从一个英国人嘴里说出来。那官员又问："你的职业是什么？"英国人答道："职业就是绅士。难道你们这里没有绅士吗？"这下澳大利亚人可火了，差点揍他，幸亏有人拉开了。在欧美，说某人不是绅士，是句骂人话。当然，在我们这里说谁不是君子，等于说他是小人，也是句骂人话。但君子和绅士不是一个概念。从表面上看，绅士是指温文有礼之人，其实远不止于此——绅士要保持个人的荣誉和尊严。坦白地说，他们有点狂傲自大。但真正的绅士决不在危险面前止步。世界大战期间，英国绅士大批开赴前线为国捐躯，甚至死在一般人前面。君子的标准里就不包括这一条。

中国的君子独善其身，这样就没有了尊严。这是因为尊严是属于个人的、不可压缩的空间,这个空间要靠自己来捍卫。捍卫的意思是指敢争、敢打官司、敢动手(勇斗歹徒)。我觉得人还是要有点尊严,否则就无法为人做事,更不要说做别人的典范了。

(摘自《读者》2017年第14期)

## 香烟的政治经济学
黄章晋

敬烟是中国人习以为常的礼节。陌生人之间套近乎时,分烟是与说客套话同等重要的润滑剂。熟人相聚,抽烟时不顺手分给同伴一根,则有礼数不周之嫌。

但是,欧美人没有互相敬烟的习惯。国外能看到分烟的场合是战场。吸烟被认为能缓和人的焦虑感,战争期间,香烟供给不足,几人分享一支烟,体现袍泽之谊,这也是文学和影视作品经常刻意描述的细节,敬烟却远不像在中国这么普及和随意。

民国时代的老电影中,虽然吞云吐雾的场景甚多,但至多出现新派男性为摩登女性点烟,而罕有互相敬烟的举动。今天中国人敬烟的习俗究竟始于何时?

也许侵华日军是最早注意到中国人有特殊分烟习惯的人。日本防卫厅战史室编撰的《华北治安战》中,有一个章节谈的是如何识别共产党人与普通

百姓,其中第三条经验叫"根据审讯及简单的谈话得以辨别",其文字描述如下:

"利用审讯、谈话的机会,给以纸烟和其他物品,试验其对物品的'共有观念'。党员由于'共产意识'浓厚,如给纸烟,往往分给他人,并且在吃饭时也有让人而不争先的特点。另一方面,由于私有观念淡薄,有的面对审问人员往往也毫不客气地索要纸烟。"

《开国大典》《大决战》等主旋律影片中的细节,佐证了日本人的细致观察。其中不但有毛泽东随手给同志分烟的场景,还有毛泽东的香烟被同志开玩笑没收的情节。而这样的情形在描述国民党官兵的场景中则极少会出现。

今天中国人喜欢散烟的习惯,也许正是来自当年军队里的内部习惯——1949年后大批军人复员转为地方干部,可直接将此习惯传入地方,同时中国社会此后也经历了一个从组织到文化上不断军营化的过程。

分烟习惯来自"共有观念",也许俄罗斯和朝鲜可以作为证据。俄罗斯人的分烟习惯不如中国人普遍,而且两者有明显区别。他们让烟时,是打开整盒烟,让对方自己抽取。朝鲜烟民的比例奇高,或许是因为军人在朝鲜国民中比例超高的缘故。

香烟档次象征身份,是中国香烟文化的又一特点。中国香烟品种之多,举世无双,更拥有世界上最悬殊的价格差距。而国外著名香烟的价格通常相差很小,有的发达国家自动售卖机上的香烟甚至都是一个价。

香烟象征身份的文化,来自权力等级与香烟等级匹配的制度。1951年,上海烟草业开始承担特供香烟的生产任务。作为高档烟象征的"中华"烟诞生于1951年,到了1966年,过滤嘴型的中华烟每年产量仅110箱;至于著名的"熊猫"牌香烟,每年只生产几百盒。

中国特色的香烟文化,造就了中外香烟截然不同的品牌文化和视觉文化。国外香烟的包装设计大都简洁朴素,商标品牌几乎不附加任何额外信息，形象多为抽象符号，多强调某种气质，譬如 Marlboro（万宝路）曾营造出富有男子汉气概的品牌形象。

中国香烟的包装设计就复杂绚丽得多，首先是因为香烟在中国曾长期承担意识形态功能。1949 年之前，中国香烟一直主打民族牌，典型如王狮牌香烟，直接把宣扬爱国主义的广告印在包装上："狮为百兽之王且一鸣足以惊人，本公司所制王狮牌香烟本以促进同胞爱国为主旨，愿爱国诸君日日吸本牌香烟，即可时时动爱国观念。"1949 年后，红色成为中国香烟包装的主色调，齿轮、麦穗、工厂、火炬、拖拉机是最基本要素。

今天，中国香烟已基本完成了去意识形态化，不但在香烟印刷包装上使用了仅次于印刷现钞和有价证券的尖端技术，在命名上也体现出鲜明的时代特色：价格在每条 900 元以上的，几乎都有志向不凡的名字。它们的命名方式大致可分四类：红色主旋律系、权力系、最炫民族风系、高大上系。

红色主旋律系主要围绕着"为了谁""盛世""好日子""和谐江山""井冈山""流金岁月"之类的概念打转。权力系特别青睐"龙天下""德容天下""传奇天子""至尊""江山""九五"之类的好词。最炫民族风系会喜欢"花开富贵""喜上眉梢""金玉满堂""好运"这类喜庆词。而"臻品""尚品""品道""儒风""春秋"这类高大上系的名字，会让人觉得肋下隐约有仙气。

总体上，在价位越高的区间，红色主旋律系出现的概率就越高。高档烟的命名方式非常清晰地指明了谁才是它的真正消费者。

今天，"中华"烟早已不是最高端的象征，但它依然是模仿的对象。由于软包装"中华"烟比硬壳"中华"贵，有些新晋高档烟也采用相同的定价策略。"中华"烟的红色血统，依然被附上种种传说。譬如软中华包装上有阿拉伯数字序号，分别为 1、2、3 打头，不少人坚信 3 打头的是品质要高于 1、2 打头的特供型，甚至有些商家也趁机哄抬物价。

仅仅刷新了价格纪录，并不意味着就有了对等的身份地位。在印着"为人民服务"一行红字的白壳特供烟面前，花花绿绿的高档烟多半都会黯然失色,若是"特供首长专用"登场,无论是高大上系、权力系,还是红色主旋律系,统统会被打回"洗剪吹"的原形。

但是,香烟的身价象征,有一小部分中国人是不认可的——中国只有接近3%的人抽混合型香烟,而在世界范围,这个比例则是70%——中国和太平洋一些岛国是少数迷恋烤烟的地区。中国混合烟的价格一般在每盒5元至20元,完全无法进入高档烟序列。

除"中南海"等少数国产品牌外,大部分混合烟是进口烟。中国混合烟的消费者高度集中在北京和长三角及珠三角地区,其中北京以30%的比例高居全国第一。他们中的多数对香烟的档次、价格不敏感。

一份烟草行业市场分析报告称:"零售价位在每盒5元至10元的混合型卷烟,目标消费群体是文化界或演艺界的人士;零售价位在每盒10元及以上的混合型卷烟,目标消费群体是高收入人群和驻京外国人。"其中外国人的香烟消费习惯不但迥异于本地,散烟、敬烟的观念也很淡薄。

与内地欠发达地区相比,沿海地区高收入人群并未对高档烟有明显的消费热情。当那些进入沿海地区发展的人在节假日回乡时,香烟文化的落差便会尴尬地体现出来:相比他们在故乡的旧相识,他们拿出来的香烟会显得特别寒碜,而自己却浑然不觉。

在很长时间里,抽烟在中国是以正面形象出现的。改革开放前的电影里,除了特务,国民党军官和日本军官是很少抽烟的;而20世纪80年代至90年代初,歌颂改革派厂长或基层明星官员的影视剧中,个性鲜明的改革派人物多半眉头紧锁、吞云吐雾;而老一辈无产阶级革命家中,除了周恩来等极少数例外,整体留给大众的影视形象是烟不离手。

独特的发型、方言及传统的吸烟姿势,是特型演员们努力让自己更像领袖的重要着力点。古月曾在谈到他扮演毛泽东的诀窍时总结,毛泽东抽烟时不喜欢弹烟灰,而是待烟灰很长后用手轻轻拂去——领袖为特型演员模仿他们提供了太多的细节。

不过，将来的特型演员要演好今天的领袖可就犯难了。2013年岁末，中共中央办公厅、国务院办公厅印发《关于领导干部带头在公共场所禁烟有关事项的通知》——烟不能抽了。

(摘自《读者》2015年第19期)

# 致 谢

刚刚过去的 2020 年,必将成为人类历史上非比寻常的一年——一场新冠肺炎疫情在全球蔓延,截至 2021 年 2 月底,已造成约 1.14 亿人感染,252 万多人死亡。艰难方显勇毅,磨砺始得玉成。在如此艰难的情况下,中国依然取得了举世瞩目的成就:快速遏制了疫情在国内的蔓延,全面打赢了脱贫攻坚战,"天问一号""嫦娥五号""奋斗者"号等科学探测实现重大突破,55 颗北斗卫星组网成功,新冠疫苗研发成功,国民经济逆势增长……

时序更替,华章日新。2021 年对于全国人民而言无疑是不平凡的一年,这一年我们将迎来中国共产党百年华诞,这一年也是实施"十四五"规划、开启全面建设社会主义现代化国家新征程的第一年。我们坚信,在中国共产党的正确领导下,国家将更加强大,民族将更加团结,人民生活将更加美好,第二个一百年的华丽篇章也将拉开大幕。

这一年,"读者人"也将迎来两件喜事:一是读者出版集团创建70周年——1951年,读者出版集团的前身甘肃人民出版社成立,经过70年的蓬勃发展,现已成为国内知名的文化企业集团;二是《读者》杂志创刊40周年,《读者》自创刊之日起就始终以弘扬人类优秀文化为己任,坚持"博采中外、荟萃精华、启迪思想、开阔眼界"的办刊宗旨和"清新隽永"的办刊风格并将挖掘人性中的真善美作为自己的办刊理念,春风化雨、以文化人,潜移默化地影响了几代人的成长。2019年8月21日,习近平总书记亲临读者出版集团考察调研时对"读者人"殷殷嘱托:"要提倡多读书,建设书香社会,不断提升人民思想境界、增强人民精神力量,中华民族的精神世界就能更加深邃厚重。"如今十几个月过去,总书记的嘱托言犹在耳,"读者人"深感责任重大,深知唯有勠力同心、团结奋进,才能不辜负总书记的厚望和重托。

时值三月,莺飞草长,春意盎然,到处充满了希望和期盼的味道。与往年一样,新一辑"读者丛书"如约而至。时光荏苒,岁月如梭,不知不觉中"读者丛书"已出版了5辑。我们将第5辑"读者丛书"命名为"百年辉煌读本",意在表达"共庆百年华诞、共创历史伟业"的美好愿望。丛书通过"文化、民生、生态文明、法治、经济、强军建设、国家统一"等10个方面充分展示了中国共产党领导人民进行革命、建设、改革的光辉历程,特别是党的十八大以来党和国家事业取得的伟大成就。我们从《读者》杂志、各类优秀图书及网站精选了600多篇记录和反映中国共产党领导人民取得的辉煌成就,以及与广大人民群众生活密切相关的点点滴滴的改变和进步的美文汇编成10册,试图以《读者》独特的视角,讲好中国共产党的故事。

蒙广大读者厚爱,"读者丛书"已出版5辑,逐渐形成了一定的品牌效应和规模效应,我们将继续秉承"三精(精挑细选、精耕细作、精雕细琢)"理念,为广大读者奉献一道滋养心灵的精神盛宴。

与往年一样,《读者丛书·百年辉煌读本》的策划和编辑出版得到了中共甘肃省委宣传部、甘肃省新闻出版局以及读者出版集团、读者杂志社等各方的指导和帮助,在此深表谢意!与此同时,丛书的编选也得到了绝大多数作者的理解和支持,他们对作品的授权选编和对丛书的一致认可消除了我们的后顾之忧,对此我们表示诚挚的谢意!虽然我们尽力想把工作做得更细致、更扎实,但因为种种原因依然未能联系到部分作者,对此我们深表歉意,也请这些作者见到图书后与我们联系。我们的联系方式是:甘肃人民出版社(甘肃省兰州市读者大道568号,730030,联系人:袁尚,13993120717)。

"雄关漫道真如铁,而今迈步从头越。"处在两个一百年奋斗目标的历史交汇点上,甘肃人民出版社编辑出版《读者丛书·百年辉煌读本》,也是冀望与广大读者一道牢记使命、砥砺前行,为全面建设社会主义现代化国家、实现第二个百年奋斗目标而披坚执锐、勇立新功。

读者丛书编辑组

2021年3月